Brigitte Teufl-Heimhilcher

Millionärin wider Willen - Elenas Haus

AF188828

Die Autorin

Brigitte Teufl-Heimhilcher lebt in Wien, ist verheiratet und bezeichnet sich selbst als realistische Frohnatur.

In ihren heiteren Gesellschaftsromanen setzt sie sich - auf heitere Weise - mit gesellschaftspolitisch relevanten Fragen auseinander. Sie verwebt dabei Fiktion und Wirklichkeit zu amüsanten Geschichten über das Leben - wie es ist, und wie es sein könnte.

Brigitte Teufl-Heimhilcher

Millionärin wider Willen

Elenas Haus

Heiterer Gesellschaftsroman

Originalausgabe erschienen 2017
bei Brigitte Teufl-Heimhilcher
www.teufl-heimhilcher.at

›Millionärin wider Willen (Teil 2) - Elenas Haus‹
© 2017 Brigitte Teufl-Heimhilcher
Alle Rechte vorbehalten.
1. Auflage, Juni 2017

Lektorat: Mareike Kerz
Coverdesign: Xenia Gesthüsen

Buchsatz: János Rudolf,
RESI PSYCHOLOGY® Publishing Assistance
www.resipsychology.com

Herstellung und Verlag: BoD – Books on Demand, Norderstedt

ISBN: 978-3-7448-5170-1

Vorwort

Für alle, die „Millionärin wider Willen – Elenas Geheimnis"
schon vor einiger Zeit oder bisher noch nicht gelesen haben,
hier ein kurzer Überblick über Elenas Familie:

Elena – pensionierte Ärztin und „Millionärin wider Willen"
hat einen Lottosechser gemacht. Sie ist gut versorgt und will
das Geld erst ihren Kindern überlassen, doch dann überlegt
sie: Welchen Einfluss würde das Geld auf deren Leben
haben?

Tochter **Kerstin** ist Anwältin und hat eigentlich nur ihre
Karriere im Kopf.

Sohn **Axel,** Politologe, ist aus einem ganz anderen Holz
geschnitzt und könnte das Geld gut gebrauchen – aber
würde er seine Arbeit dann ganz sein lassen?

Weiter mit von der Partie:

Ossi – Elenas geschiedener Mann (Kunstmaler)

Maren – Axels Frau (Immobilienmaklerin)

Yvonne – Tochter von Axel und Maren

Dr. Klaus Fritsch – Elenas Nachfolger (Arzt)

Dr. Helmut Burger – Elenas Anwalt

Henriette – Elenas beste Freundin

Pia Moser – Journalistin und Autorin

Viel Spaß mit Elena und ihrer Familie!

Ihre

Brigitte Teufl-Heimhilcher

Elena

Teestunde

„Zu einer ordentlichen Teestunde gehören eine ostfriesische Teemischung, Sahne, Kluntjes und Apfelkuchen", sagte Elena und goss den heißen Tee über die riesigen Kandisstücke, die leise knackten. Dann stellte sie die Teekanne auf das Stövchen und lehnte sich behaglich in ihrem Fauteuil zurück.

„... und etwas Zeit", ergänzte Henriette, die ihr gegenüber saß.

„Allerdings. Ich hoffe, du hast genug davon mitgebracht. Wir haben uns ja eine Ewigkeit nicht gesehen."

„Fast ein halbes Jahr. Zuletzt haben wir uns in diesem netten Biergarten getroffen, als du von Gut Landau zurückkamst. Weißt du noch? Du warst ziemlich euphorisch, weil du deiner Familie an diesem Wochenende endlich von deinem Lottogewinn erzählt hast und Helmut Burger dir so hilfreich zur Seite gestanden war."

Die Erinnerung an Gut Landau zauberte ein Lächeln auf Elenas Gesicht. „Das waren wirklich schöne Stunden. Gut, dass wir sie genossen haben, die Zeit danach war ziemlich anstrengend."

Henriette probierte ein Stück vom Apfelkuchen, dann lehnte sie sich mit der Teetasse in der Hand zurück. „Jetzt erzähl schon. Ich platze vor Neugier. Du hattest ja nicht einmal Zeit für ein ordentliches Telefonat."

Ein ordentliches Telefonat dauerte bei Henriette nicht unter einer Stunde, E-Mails las sie hingegen nur selten und Smartphones lehnte sie rundweg ab. Das hatte den Kontakt in den letzten Monaten nahezu zum Erliegen gebracht.

„Das Traurigste an diesem Sommer war, dass Ossis Mutter, Rosalia, gestorben ist."

„Ich weiß, du hast mir eine Todesanzeige geschickt. Sie war fast 89. Irgendwann müssen wir alle gehen."

Elena nickte. „Erschütternd war es dennoch, weil es so unerwartet kam. Sie starb an den Folgen eines Unfalls. Ein Lastwagenfahrer hatte sie in der Abenddämmerung übersehen, als sie von einer Nachbarin nach Hause ging. Ossi war völlig neben der Spur."

„Das geht bei ihm bekanntlich schnell."

Seit Elenas Scheidung war Henriette nicht gut auf Ossi zu sprechen.

„Jedenfalls waren Yvonne und ich in den Ferien einige Zeit im Waldgau und haben versucht, ihn ein wenig aufzumuntern."

„Ich nehme an, ihr wart erfolgreich."

„Ja und nein. Yvonne hat ihn dazu überredet, sich einen Facebook-Account anlegen zu lassen. Sie meinte, das sei einfach total notwendig. Das bezweifle ich zwar, aber es schien ihn zumindest ein wenig zu beschäftigen. Solange wir bei ihm waren, war auch alles gut, aber das Alleinsein setzt ihm zu." Sie seufzte. „Zumindest haben wir ihm geholfen, Rosalias Sachen auszumustern. Yvonne fand das total spannend. Da waren Dinge dabei, die kannte sie überhaupt nicht."

„Zum Beispiel?"

„Rosalia besaß noch Lockenwickler aus Metall, Netzhandschuhe, eine gehäkelte Handtasche aus Bast, aber am meisten amüsiert hat sie sich über ein altes Bettjäckchen."

„Kann ich mir lebhaft vorstellen. Die Kids wissen heute ja nicht einmal mehr, was eine Telefonzelle ist", warf Henriette lachend ein.

„Ossi war dann im September ein paar Tage hier und dieses Wochenende fahren Axel, Yvonne und Maren zu ihm, damit er zu Allerheiligen nicht allein ist."

„Apropos Axel. Ich habe mir sein Buch gekauft und es auch gelesen. Ich fand es superspannend und hochinteressant. Wie verkauft es sich?"

„Könnte besser sein, sagt Maren. Aber er nimmt sich auch viel zu wenig Zeit für die Werbung. Pia Moser meint, er müsse es laufend bewerben. Aber du kennst ihn ja. Werbung in eigener Sache, das liegt ihm gar nicht."

„Das kann ich gut verstehen, aber muss er als Neo-Politiker nicht genau das machen?"

„Er sagt, das Werben für die Partei sei etwas ganz anderes, denn dabei ginge es einzig und allein um die Sache."

„Ihm vielleicht", sinnierte Henriette. „Bei anderen geht es bedauerlicherweise um alles andere, nur nicht um die Sache. Und wer ist Pia Moser?"

„Pia war Bezirksrätin wie Axel, hauptberuflich ist sie Journalistin und Autorin. Ich fürchte übrigens, die beiden hatten im vergangenen Winter ein Verhältnis."

„Ehrlich?"

„Leider. Scheint aber vorbei zu sein. Dennoch arbeitet sie seit Kurzem in seiner Partei mit."

„Weiß Maren davon?"

„Ich glaube nicht. Zumindest ist nichts zu mir durchgedrungen. Aber zurück zu Axels Politkarriere. Seit er die Ökologische Mitte gegründet hat, arbeitet er wie noch selten in seinem Leben und redet mit einem Enthusiasmus über seine Arbeit, das glaubst du nicht."

„Doch. Habe ich nicht immer gesagt, der Bub ist begabt und leistungsbereit, er hatte einfach nur noch nicht das richtige Betätigungsfeld gefunden."

Das hatte Henriette tatsächlich gesagt, und Elena hat es auch gern geglaubt. Doch in den letzten Jahren hatte sie den Glauben daran mehr und mehr verloren.

„Ökologische Mitte ist ein guter Name für eine Partei, was meinst du?"

„Doch, ich habe sie sogar gewählt."

„Aus Überzeugung oder aus alter Loyalität?"

„Beides", schmunzelte Henriette und nahm sich noch ein Stück vom Apfelkuchen.

„Hast du übrigens seine Online-Zeitung schon gelesen? Er nennt sie Plusminus, weil nicht nur über ‚Bad News‘ berichtet wird."

Henriette schüttelte verneinend den Kopf: „Du weißt ja, online und Henriette schließen einander aus."

„Solltest du aber, so viele ‚Good News‘ findest du sonst nirgends. Macht wirklich Spaß, sie zu lesen."

„Sollte er eines Tages eine *richtige* Zeitung herausgeben, werde ich zu den ersten Abonnenten gehören. Sag ihm das."

„Und du meinst, eine richtige Zeitung ist aus Papier?"

„Exakt. So wie ein richtiges Buch aus Papier besteht. Aber wie auch immer, jedenfalls hat Axel endlich seinen Weg gefunden."

„Absolut. Trotzdem hätte er Maren beim Umzug in die Dachgeschoss-Wohnung in der Nelkengasse nicht so hängenlassen dürfen." Es war Elena anzuhören, was sie davon hielt.

„Wie ich dich kenne, bist du für ihn eingesprungen."

„So gut ich eben konnte. Was hätte ich denn sonst machen sollen?"

„Und das Haus in der Nelkengasse ist jenes, das du mit dem Geld aus dem Lottogewinn gekauft hast?"

Elena nickte zustimmend, trank von ihrem Tee und fuhr fort: „Kerstin ist Maren auch zur Hand gegangen, sie hat im Moment ohnehin nicht allzu viel zu tun."

„Ich dachte, sie will eine eigene Kanzlei eröffnen?"

„Das hat sie auch, aber zurzeit arbeitet sie noch von zu Hause, weil ihr neues Büro, ebenfalls in der Nelkengasse, erst dieser Tage fertig wird. Der Vormieter ist leider später als erwartet ausgezogen. Aber sobald das neue Büro fertig ist, will sie richtig loslegen."

„Wird ihr sicher guttun, ein paar Wochen etwas leiser zu treten. Aber nun zu dir. Wie lebt man so, als Hauseigentümerin?"

„Als Hauseigentümerin lebt man wie früher auch, zum Glück erledigen das Meiste Helmuts Kanzlei oder eben der Steuerberater. Helmuts Idee, das Geld aus dem Lottogewinn in ein Mietshaus zu stecken und den Kindern einzelne Wohnungen zu schenken, war goldrichtig. Kerstin hat ihre zweite Wohnung übrigens an meinen Nachfolger Klaus Fritsch vermietet."

„Du hast damals erwähnt, dass sich die beiden ... angefreundet haben. Ist da etwas Ernstes daraus geworden?"

„Wie ernst das ist, kann ich dir nicht sagen. Du weißt ja, über Kerstins Gefühlswelt war ich noch nie besonders gut informiert."

„Na, haben sie jetzt ein Verhältnis oder nicht?"

„Nachdem sie gemeinsam ein paar Tage Urlaub gemacht und seinen Vater im Allgäu besucht haben, ist wohl davon auszugehen. Habe ich dir übrigens erzählt, dass ich Klaus' Urlaubsvertretung übernommen habe?"

„Hast du. Hat's Spaß gemacht?"

„Sehr. So sehr, dass ich mich anschließend habe bequatschen lassen, diese Allergiebekämpfungsmethode zu erlernen. Deswegen war ich im Oktober dann auch drei Wochen in Baden, dort fand nämlich der Kurs statt."

„Aber du warst dieser Methode gegenüber doch immer etwas skeptisch."

Elena lächelte. „Wer heilt, hat halt recht, und du weißt ja, Kerstin geht es viel besser, seit sie sich von Klaus Fritsch behandeln lässt. Leider hat die Schulmedizin bei Allergien und Unverträglichkeiten immer noch wenig anzubieten. Mit Schulmedizin hat das Ganze auch nicht allzu viel zu tun. Trotzdem gebe ich Klaus recht, wenn er sagt, diese Methode gehört in die Hand von Medizinern. Möchtest du noch ein Stück Kuchen?"

„Ich hatte doch schon zwei, aber zur Feier des Tages lasse ich mich noch zu einem überreden. Hast du vielleicht auch einen Schluck Rum für den Tee?"

„Selbstverständlich. Wie konnte ich das nur vergessen?", lachte Elena und erhob sich.

Wenig später brachte sie ein Kristallkännchen mit Rum und zündete eine Kerze an, denn es wurde bereits dämmrig.

Als sie wieder Platz genommen hatte, sagte sie: „Weißt du, nachdem Kerstin solche Erfolge mit dieser Methode hatte, dachte ich mir, es gibt so viele Dinge zwischen Himmel und Erde, die wir nicht erklären können. Warum nicht eine Methode versuchen, die vielen Menschen helfen kann, auch wenn ich sie immer noch nicht hundertprozentig durchschaut habe."

„Stimmt schon. Ich durchschau ja auch nicht, warum ich eine Mail bekomme, nur weil du auf einen Knopf drückst", warf Henriette ein.

„So ähnlich habe ich mir das auch gedacht. Jedenfalls helfe ich Klaus seither an zwei Nachmittagen pro Woche in der Praxis. Er hat durch diese Methode bereits so viele neue Patienten, dass er einfach nicht genügend Termine anbieten konnte."

„Schön für ihn, aber übernimmst du dich auch nicht? Gemeinsam mit deinem Engagement bei den ‚Ärzten ohne Grenzen' bist du wieder ganz schön im Einsatz." Die Besorgnis war Henriette anzuhören.

„Kein bisschen. Es geht mir richtig gut, seit ich wieder etwas Vernünftiges zu tun habe."

„Und was ist mit Helmut?"

Elena lächelte verschmitzt. „Der ist mit seiner Kanzlei ja auch noch voll im Einsatz. Aber es gibt Anlass zur Hoffnung. Er hat mich sogar in Baden besucht und ist übers Wochenende geblieben."

„Hört, hört! Seid ihr jetzt … Ich meine, habt ihr …?"

Elena nickte und spürte, wie sie leicht errötete. Also wirklich, sie war doch kein Schulmädchen mehr. Zeit, das Thema zu wechseln. Resolut sagte sie: „So, jetzt aber zu dir."

„Nur nicht ablenken. Erst will ich noch wissen, wie das jetzt so ist mit euch beiden. Was soll daraus werden?"

Elena rührte in ihrer Teetasse. „Um ehrlich zu sein, das wissen wir selbst noch nicht genau. Im Moment ist es gut, so wie es ist."

Axel

Alles Theater

Axel stand unter der Dusche und überlegte, dass er bis vor Kurzem gar nicht gewusst hat, was Stress überhaupt ist. Doch, so ehrlich musste man sein. Trotzdem machte ihm die Arbeit für die Ökologische Mitte verdammt viel Spaß - wenn nur diese gesellschaftlichen Verpflichtungen nicht wären. Diesmal hatte, wie schon öfter in letzter Zeit, Pia Moser die Sache eingefädelt. Ihr Mann kannte eine Menge Unternehmer, darunter etliche, die mit den arrivierten Parteien unzufrieden waren. Auf diese Weise hatten sie schon mehrere Sponsoren gefunden. Heute Abend sollte ein neuer Mitstreiter geworben werden, und Mitstreiter brauchten sie dringend, wenn sie bei den kommenden Bundestagswahlen antreten wollten.

Zum Glück schien es Maren nichts auszumachen, ihn zu begleiten. Genau genommen machte es ihr sogar Spaß, möglicherweise auch, weil sie auf diese Weise schon zu einem Auftrag gekommen war.

Heute mussten sie ins Theater. Irgend so ein modernes Stück stand auf dem Programm; weder der Autor, noch der Regisseur waren Axel bekannt, den Titel hatte er auch vergessen.

Als er ins Schlafzimmer kam, hatte Maren ihm bereits seinen dunklen Anzug, ein weißes Hemd und eine Krawatte herausgelegt.

„Das ist jetzt aber nicht dein Ernst, oder?"

„Doch. Du weißt, wie korrekt Konsul Moser immer gekleidet ist, sein Freund wird vermutlich auch nicht in zerrissenen Jeans aufkreuzen."

„Zwischen zerrissenen Jeans und dem da ist aber ein himmelhoher Unterschied."

Sie einigten sich auf Jeans, ganz ohne Risse und Stopflöcher, das weiße Hemd samt Krawatte und den dunkelblauen Blazer, den Maren ihm neulich aufgeschwatzt hatte. Dann konnte es losgehen.

Das Schöne an ihrer neuen Wohnung war, dass vieles zu Fuß erreichbar war, so auch das Stadttheater – allerdings nicht mit Stöckelschuhen, meinte Maren und steuerte den gegenüberliegenden Taxistandplatz an.

Er ersparte sich den Hinweis auf die Möglichkeit der U-Bahn, er hatte im Moment keine Lust auf dieses Thema.

„Wie heißt überhaupt das Stück?", fragte er, als sie im Taxi saßen.

Maren kramte in ihrer Handtasche und beförderte eine Einladung hervor. „Der Wal und der König", las sie vor.

„Hast du davon schon einmal gehört?"

„Nein, aber ich habe mich im Internet schlaugemacht. Es ist ein sehr modernes Stück und der Autor führt selbst Regie."

„Dann braucht er es zumindest nicht neu zu interpretieren", murmelte Axel. Er hielt wenig davon, Hamlet in Jeans auftreten zu lassen oder König Ottokar mit einem Smartphone auszustatten.

„Worum geht's dabei?"

„Laut Wikipedia handelt das Stück von der Schwierigkeit, authentisch zu leben – klingt doch nicht ganz schlecht. Außerdem wird es ohne Pause gespielt. Das finde ich gut, ich freue mich ohnehin mehr auf das Essen danach. Pia hat bei diesem neuen Italiener einen Tisch bestellt. Es soll dort ganz hervorragende Pastagerichte geben."

Axel hatte immer noch ein unangenehmes Gefühl bei dem Gedanken, dass Maren und Pia nun öfters zusammentrafen. Aber bisher war alles gut gegangen, und solang Pias Konsul dabei war, war ja alles ganz unverdächtig. Außerdem hatte er ohnehin nicht vor, ihr Verhältnis wieder aufleben zu lassen.

In der Zwischenzeit waren sie vor dem Stadttheater angekommen.

Pia erwartete sie bereits im Foyer, allein.

„Wo ist dein Mann?", fragte Axel nach der Begrüßung.

„Der hängt noch in einer Besprechung fest und kommt nach, notfalls erst zum Italiener."

„Sehr clever", dachte Axel und fragte: „Und wo sind unsere Gäste?"

„Die sitzen schon in der Loge. Kommt." Mit diesen Worten eilte sie ihnen voraus. Pia überließ Maren den Sitz in der ersten Reihe und nahm neben Axel Platz.

Kaum hatten sie ihre Plätze eingenommen, ging auch schon der Vorhang hoch. Auf der nur mäßig ausgeleuchteten Bühne lagen ein paar nackte Gestalten herum, sonst tat sich wenig.

Im Laufe der Zeit erhoben sich einige der Gestalten, sprangen herum, kreischten, beschimpften sich, heulten, gingen wieder zu Boden. Axel, der sich anfangs ehrlich bemüht hatte, irgendeine Form von Handlung oder zumindest so etwas wie eine Quintessenz zu erkennen, gab es bald auf und widmete sich der Frage, welche Schritte die Ökologische Mitte als Nächstes setzen musste, um bei der kommenden Wahl in den Bundestag zu kommen. Wäre da nicht Pias Schuhspitze gewesen, die an seinem Bein auf- und abfuhr, hätte es durchaus sein können, dass ihm etwas Brauchbares eingefallen wäre.

Endlich fiel der Vorhang, der Applaus war höflich, aber wenig enthusiastisch.

Als sie aus dem Theater kamen, nieselte es. Zum Glück hatten sie nur wenige Schritte zu gehen. Konsul Moser erwartete sie bereits. Er hatte ein Glas Wein vor sich stehen und winkte ihnen zu. Warum kam Axel plötzlich den Verdacht, dass er die Besprechung mit voller Absicht in die Länge gezogen hatte – so er überhaupt eine gehabt hat.

Jetzt erst war Gelegenheit, die Gäste der Mosers näher in Augenschein zu nehmen. Rein optisch wirkten die Eheleute Heiner wie ein Gegenpart zu den Mosers.

Die Heiners betrieben eine Steuerberatungskanzlei, waren schlank und eher farblos, irgendwie wirkten sie auf Axel asketisch. Ein Eindruck, der sich während des Essens jedoch als falsch erwies.

Nachdem die notwendigen Höflichkeiten ausgetauscht und die Bestellungen aufgegeben waren, fragte der Konsul händereibend: „Na, wie hat euch das Stück gefallen?"

Maren versteckte sich blitzartig hinter einem Taschentuch, offenbar hatte sie in der Sekunde Schnupfen bekommen. Die Heiners taten, als hätten sie seine Frage nicht gehört, also fühlte Axel sich bemüßigt, eine Antwort zu geben. Nachdem sie eingeladen waren, konnte er ja schlecht sagen, dass er selten etwas Dümmeres gesehen. „Ich fand, es war ein sehr ... naturalistisches Stück."

„Naturalistisch, ja, das trifft es wirklich gut", meldete sich nun Frau Heiner.

„Einerseits modern, andererseits nahezu archaisch", setzte Gerhard Heiner kühn hinzu.

Nur Pia sah verwundert in die Runde und schüttelte leicht den Kopf, ehe sie sagte: „Also wenn ihr mich fragt: Es war ein ganz erbärmliches Stück."

Maren hatte das Schnäuzen wieder aufgegeben und meinte zufrieden: „Das trifft es am besten!"

*

Dennoch war der Abend ein Erfolg gewesen, denn Gerhard Heiner meldete sich schon am nächsten Tag bei Axel, bot seine Mitarbeit an und vereinbarte einen Termin für ein erstes Gespräch.

Die Ökologische Mitte verfügte in der Zwischenzeit über Büroräumlichkeiten in der Nähe des Rathauses, in denen Axel nun seinem Besucher gegenüber saß.

„Meine Frau und ich sind im pensionsfähigen Alter und sie besteht darauf, dass wir unsere Kanzlei mit Jahresende an unseren Sohn übergeben. Mein Sohn hat, naturgemäß, nichts dagegen einzuwenden. Immerhin hat er gemeint, ich könnte ja anfangs noch ein wenig mitarbeiten. Die Betonung lag auf *anfangs*. Ich habe mich noch nicht entschieden, ob ich dieses großzügige Angebot annehmen werde.

Was ich damit sagen will: Ich hätte ab Januar eine Menge Zeit, die ich gerne in den Dienst einer sinnvollen Sache stellen möchte. Ihre Bewegung halte ich für eine sinnvolle Sache."

„Wir können wirklich jede Hilfe gebrauchen", freute sich Axel, „denn wir haben beschlossen, bei der Bundestagswahl anzutreten."

„Pia hat bereits etwas Ähnliches angedeutet."

„Dachten Sie an ein bestimmtes Aufgabengebiet?"

„Als Steuerberater kann ich Sie vermutlich am ehesten im Bereich Finanzen unterstützen. Aber auch allgemeinwirtschaftliche Betrachtungen sind mir nicht fremd."

„Das ist ja wie ein Sechser im Lotto", freute sich Axel. Sie waren gerade auf der Suche nach einem Finanzreferenten. Einen Wirtschaftssprecher suchten sie zwar auch, doch Heiner schien ihm eher der Typ des Finanzreferenten zu sein.

Sie vereinbarten einen weiteren Termin, dann musste Axel sich beeilen. Pia wollte ein Interview mit ihm machen und hatte darauf bestanden, dass es in Elenas Haus stattfinden sollte. Eine Homestory hatte er abgelehnt, im Büro fand sie es zu trocken.

„Elenas Haus ist ideal", hatte sie argumentiert. „Dort hast du dein Buch geschrieben, die Online-Zeitung Plusminus ins Leben gerufen und die Bewegung der Ökologischen Mitte gegründet."

„Ja, das auch", dachte Axel und verbot sich den Gedanken an die Nacht, die er mit ihr dort verbracht hatte. Er sah auf die Uhr. Schon so spät! Das würde er mit dem Fahrrad nie und nimmer rechtzeitig schaffen, er musste wohl ausnahmsweise ein Taxi nehmen. Vielleicht sollte er sich doch einen Kleinwagen zulegen. Natürlich müsste es einer mit Elektroantrieb sein, alles andere kam für ihn nicht infrage.

Elena

Vorsicht ist die Mutter der Weisheit

Schon als Elena in die Gasse einbog, sah sie Pias roten BMW vor ihrem Haus stehen. Was wollte die denn schon wieder hier?

Ach ja, Axel hatte etwas von einem Interview erzählt.

Sie hatte die quirlige Journalistin immer gern gemocht, doch seit sie von deren Verhältnis mit Axel wusste, sah sie Pia in einem anderen Licht.

Da sie nachmittags ohnehin in die Praxis fahren würde, stellte Elena ihren Wagen nicht in die Garage, sondern parkte ihn in der Seitengasse, sodass man ihn von Axels Zimmer aus gut sehen konnte. Nur für den Fall, dass die beiden meinten, sie wären allein im Haus.

Axel hatte ihr zwar versichert, dass er die Sache mit Pia beendet hätte, aber Elena hatte da so ihre Zweifel. Immerhin legte sich Pia neuerdings ganz schön für ihn ins Zeug: erst ein paar gute Presseartikel über ihn und seine Ökologische Mitte, dann ihr Angebot, der Partei vorerst unentgeltlich als Pressereferentin zur Verfügung zu stehen, und jetzt auch noch das Interview.

Nicht, dass sie an Pias Hilfsbereitschaft generell zweifelte, aber in diesem speziellen Fall schien ihr eine gewisse Skepsis doch angebracht. Pia war nicht nur eine rassige Person, sie wusste auch, was sie wollte, und Axel war ... na ja, ein Mann halt.

Elena brachte erst die eingekauften Lebensmittel in die Küche, dann machte sie sich auf den Weg in den ersten Stock, um die beiden zu begrüßen.

Als sie sich Axels Zimmer näherte, hörte sie Pia gurren: „Wir
beide sind eben ein verdammt gutes Team!"

So, wie sie es gesagt hatte, klang das nicht nach einem Arbeitsgespräch. Da kam Elena scheinbar gerade richtig.

Sie räusperte sich vernehmlich und trat etwas lauter auf, schließlich wollte sie die beiden nicht unbedingt in flagranti erwischen. Sicherheitshalber klopfte sie auch noch.

„Ja bitte", hörte sie Axel sagen.

Elena öffnete langsam die Tür, die beiden standen am Fenster.

„Hallo, Elena", rief Pia. „Du kommst gerade richtig."

In dem Punkt konnte Elena ihr nur zustimmen. Täuschte sie sich, oder hatte Axel Lippenstift auf dem Hemdkragen?

„Ich habe Axel eben gefragt, wie sehr ihn seine Kindheit in Bezug auf sein politisches Engagement geprägt hat. Er scheint sich nicht ganz sicher zu sein. Vielleicht kannst du uns bei dieser Frage helfen."

„Warum habe ich etwas ganz anderes gehört", fragte sich Elena im Stillen. Laut sagte sie: „Gerne. Wir könnten das bei einem kleinen Mittagsimbiss besprechen. Ich komme eben vom Einkaufen."

„Musst du denn heute nicht in die Praxis?", fragte Axel.

Der Bub schien nicht eben begeistert von ihrer Idee. Lächelnd antwortete sie: „Schon, aber erst um drei. Ich erwarte euch in zehn Minuten in der Wohnküche."

*

Als Elena sich zwei Stunden später auf den Weg in ihre ehemalige Praxis machte, war Pia bereits abgerauscht und Axel kam eben die Stiegen herunter. Er trug die neue Aktenmappe unter dem Arm, die Maren ihm zum Geburtstag geschenkt hatte.

„Seid ihr mit dem Interview schon fertig?", fragte Elena.

„Pia hatte ihren Text weitgehend vorbereitet, wir sind ihn nur noch einmal durchgegangen, und der Fotograf konnte leider nicht kommen. Grippe."

„Der Arme aber auch. Es kursieren zurzeit ja wieder ganz heftige Virusinfekte."

Axel nickte geistesabwesend. „Ich pack's dann auch wieder. Tschüss, Elena."

„Wann sehe ich dich wieder?"

„Weiß nicht, sobald der Fotograf einen neuen Termin hat."

„Kommt Pia dann auch wieder mit?"

Er tat erstaunt. „Keine Ahnung, ich glaube nicht."

Dummer Bub, hatte noch nie lügen können. Sie hatte es ihm immer angesehen.

„Dann ist's ja gut", antwortete sie. „Sollte sie doch kommen, bitte ich dich, mich vom Termin zu verständigen."

„Muss ich das jetzt verstehen?"

Elena warf ihm einen langen Blick zu. „Ich bin sicher, du hast es verstanden", antwortete sie und ging zu ihrem Wagen.

Als sie am Einkaufszentrum vorbeifuhr, wurde dort bereits die Weihnachtsdekoration angebracht. Wie rasch doch die Zeit vergeht, wenn man etwas Sinnvolles zu tun hat.

*

Obwohl Elena, wie immer, einige Minuten zu früh kam, wartete bereits eine Patientin auf sie. Elena nickte ihr lächelnd zu. „Ich bin gleich für Sie da."

Dann ging sie in die ehemalige Küche, die Klaus in einen weiteren Behandlungsraum umgebaut hat. Dafür standen der Kaffeeautomat jetzt hinter dem Empfang und der Eisschrank im Abstellraum. „Auf die Dauer ist das auch keine Lösung", dachte Elena wieder einmal, während sie ihre Jacke auf einen Haken an der Tür hängte. Wirklich schade, dass die Nelkengasse für seine Kassenpraxis nicht infrage kam, weil sie nicht im gleichen Bezirk lag.

Im Wartezimmer traf sie auf Klaus, der eben zur Tür hereinkam, ihr mit der linken Hand zuwinkte und in der rechten seine Aktenmappe und das Handy hielt.

„Freuen? Worüber soll ich mich denn freuen ... vielleicht könnten wir das am Abend besprechen ... auf jeden Fall ... ja, tschüss ...", hörte Elena ihn sagen.

Dem Tonfall nach zu urteilen, sprach er mit seiner Frau.

„Geht's gut?", fragte sie im Vorbeigehen.

„Kann man nicht sagen. Hast du eine Minute?" Ohne eine Antwort abzuwarten, öffnete er die Tür zu seiner Praxis und ließ ihr den Vortritt.

Kaum hatte er die Tür hinter sich geschlossen, sagte er: „Meine Frau hat mir soeben mitgeteilt, dass sie ein Engagement bekommen hat. Die Proben beginnen im Januar."

„Das wollte sie doch. Wo ist das Problem?"

„Das Problem ist, dass das Engagement im Stadttheater Klagenfurt ist. Das heißt ich bin entweder ab Januar meine

Kinder los oder sie haben bestenfalls noch eine Wochenendmutter."

„Und wie stellt sie sich das vor?"

„Wenn du mich fragst, stellt sie sich wieder einmal gar nichts vor. Aber wir werden ja sehen. Wir sprechen heute Abend darüber."

Das klang nicht gut.

Maren

Weiberabend

„Ja ... sehr gerne ... ich schicke Ihnen das Manuskript morgen zu. Per Mail ... selbstverständlich. Auf Wiedersehen."

Es war einfach nicht zu glauben. Das war nun schon der dritte Verlag, der sich für die Rechte an Axels selbst veröffentlichtem Buch interessierte. „Wer hätte gedacht, wozu sein politisches Engagement noch gut ist", dachte sie beschwingt. Vielleicht brachte das Buch eines Tages doch noch etwas Geld ein? Als zweites Standbein war so eine Schriftstellerkarriere vielleicht gar nicht verkehrt.

Maren sah auf die Uhr. Schon sechs vorbei? Jetzt wurde es aber höchste Zeit, dass sie sich auf den Heimweg machte. Einkaufen musste sie auch noch, und um halb acht kam Kerstin. Die hatte vor wenigen Tagen ihr neues Büro im ersten Stock bezogen.

Maren fand das sehr praktisch, denn seit Kerstin nicht mehr bei Müller und Partner arbeitete und Axel abends ständig auf irgendwelchen Meetings herumsaß, hatten sie einander schon öfter auf einen Plausch getroffen.

Hoffentlich hatte Yvonne zumindest im Wohnraum ein wenig aufgeräumt, bei Kerstin war immer alles tipptopp. Wahrscheinlicher war freilich, dass Yvonne das am Morgen zurückgelassene Chaos noch vergrößert hatte. Maren beschloss, ihr sicherheitshalber eine WhatsApp-Nachricht zukommen zu lassen.

Das Mädel kam langsam in die Pubertät, das würde ihr aller Leben nicht einfacher machen, wobei Axel im Moment - außerhalb seiner Arbeit - kaum etwas wahrnahm. Sie durfte sich allerdings nicht beschweren, schließlich hatte sie sich oft genug gewünscht, dass er sich beruflich mehr engagierte.

*

„Wie war dein Tag?", fragte Maren und reichte Kerstin die Schinkenplatte.

„Frag mich besser nicht. Du weißt, ich suche eine Assistentin."

„Ja, und?"

„Heute haben sich einige Bewerberinnen vorgestellt", antwortete Kerstin mit Grabesstimme und angelte nach einer Olive.

„Das klingt nicht, als ob die Richtige dabei gewesen wäre."

„Du sagst es. Entweder sie sind kompetent und leistungsbereit, dann verlangen sie so viel, dass ich sie mir nicht leisten kann, oder ihre Gehaltsforderungen sind bescheiden, dann sind es auch ihre Kenntnisse – so sie überhaupt welche haben. Du glaubst nicht, wer sich alles dazu berufen fühlt, ein Anwaltssekretariat zu leiten."

„Was muss man als deine Assistentin denn so können?", fragte Yvonne dazwischen.

„Willst du dich etwa bewerben?", neckte Kerstin, was ihr einen genervten Blick von Yvonne eintrug, ehe sie antwortete: „Nö. Aber meine Freundin Rosine vielleicht, die will doch die Schule schmeißen."

Maren verkniff sich eine Bemerkung. Die Freundschaft zu dieser Rosine passte ihr gar nicht. Das Mädchen hatte eindeutig keinen guten Einfluss auf Yvonne.

„Ist sie dazu nicht ein wenig zu jung?", fragte Kerstin mit einem Lächeln.

„Rosine ist sechzehn", stellt Yvonne klar. Es klang, als wäre Yvonne allein davon schon mächtig beeindruckt.

„Und die geht in deine Klasse?", fragte Kerstin erstaunt.

„Natürlich nicht. Ich kenne sie aus dem Tennisklub."

„Also Matura sollte sie schon haben, dazu gute Deutschkenntnisse." Dann wandte Kerstin sich wieder an Maren:

„Anfangs habe ich ja *sehr* gute Deutschkenntnisse verlangt, da hat sich gar niemand gemeldet. Aber auch diesmal ist die Hälfte der Bewerberinnen einfach nicht erschienen."

„Kenn ich", meinte Maren und schnitt sich ein Stück vom geräucherten Mozzarella ab. „Wir haben auch immer noch keinen Ersatz für Lisa."

„Lisa? Ist das nicht die Kleine, mit der dein Geschäftspartner Achim ein Verhältnis hat?"

„Hatte", korrigierte Maren. „Nach einem Jahr ist ihm ihre Dummheit dann doch zu viel geworden. Von unserem Geschäft hatte sie immer noch keine Ahnung, obwohl er sich wirklich bemüht hat, ihr etwas beizubringen. Dafür hat sie versucht, sich zur Vize-Chefin hochzustilisieren, weil sie doch die Freundin vom Chef war. Das war dann sogar Achim zu blöd."

„Ich finde Lisa cool", meldete sich Yvonne wieder zu Wort. „Sie hat immer superstylische Klamotten an, und sie lässt sich nicht alles gefallen."

„Was genau meinst du damit?", fragte Maren.

„Hast du doch selbst erzählt. Die wollte sich eben nicht von euch versklaven lassen."

Maren schüttelte unwillig den Kopf. „Für eine Sklavin hat sie definitiv zu viel verdient und zu wenig geleistet."

Yvonne warf ihre Serviette auf den Tisch. „Bei euch geht es doch immer nur um Kohle, das ist mir echt zu stressig, ich gehe lieber chillen."

Maren wollte sie schon zurückholen, doch dann siegte ihr Wunsch nach einem ruhigen Abend, und sie ließ Yvonne ziehen.

„Kann es sein, dass meine Lieblingsnichte in die Pubertät kommt?", fragte Kerstin und schenkte sich Tee nach.

„Ich fürchte, sie ist bereits mittendrin."

„Das kam aber schnell."

Maren nickte zustimmend. „Mehr oder weniger über Nacht. Ich hole mir ein Glas Rotwein. Magst du auch eines?"

„Gerne, aber nur ein halbes, ich muss ja noch fahren."

Als Maren mit den Gläsern und der Weinflasche wiederkam, sagte sie: „Apropos Pubertät. Klaus hat es mit seinem Sohn Roland wohl auch nicht ganz leicht."

„Das kannst du laut sagen. Bienchen, sein kleiner Augenstern, ist übrigens auch ein verwöhnter Fratz. Oder bin ich da allzu kritisch?"

Maren lachte. „Bist du nicht. Sie ist zwar ganz herzig, aber auch eine kleine Nervensäge."

Sie prosteten einander zu, dann sagte Maren: „Aber sonst fand ich unseren gemeinsamen Sonntagausflug sehr nett.

Können wir gerne wiederholen. Zum Glück versteht sich Axel mit Klaus deutlich besser als mit deinem Ex. Hörst du eigentlich noch etwas von Roman?"

„Ich treffe ihn manchmal im Fitness-Center. Ich glaube, er hat eine neue Freundin."

„Sei ihm gegönnt. Du bist mit Klaus ja auch glücklich. Hoffe ich zumindest."

Kerstin seufzte. „Doch, uns geht's gut. Wäre da nicht der ewige Stress mit seinen Kindern, vor allem aber mit Adriane, es wäre kaum auszuhalten."

„Will sie ihn etwa wiederhaben?"

„Das nicht, aber sie bringt ständig unsere Planung durcheinander, weil sie sich einfach an keine Vereinbarungen hält. Der neueste Coup ist, dass sie ein Engagement in Klagenfurt angenommen hat. Einfach so, ohne sich mit Klaus abzustimmen, das musst du dir einmal vorstellen."

„Und wo bleiben die Kinder?"

„Keine Ahnung. Heute Abend findet die große Familienkonferenz statt. Bin schon gespannt, was dabei herauskommt. Aber jetzt zu dir. Elena hat erzählt, die Leute rennen dir neuerdings die Bude ein?"

Maren lachte. „Das wäre übertrieben, aber wahr ist, dass wir seit Sommer spürbar mehr Vermittlungsaufträge bekommen."

„Und woran liegt das?"

„Wir wissen es nicht genau, glauben aber, es liegt an Axels neuer Bekanntheit. Manche Leute kommen vermutlich aus Neugierde, aus einigen dieser Kontaktaufnahmen entstanden dann tatsächlich Geschäfte. Von mir aus kann das so bleiben."

Kerstin

Vorweihnachtliche Turbulenzen

Als Kerstin ihre Kanzlei verließ, schwante ihr Übles. Klaus hatte sie in ein ziemlich schickes Restaurant eingeladen. Üblicherweise gingen sie zum Italiener ums Eck oder er nahm ihre Küche in Beschlag und kochte selbst. Diese vornehme Essenseinladung in Verbindung mit der gestrigen Familienkonferenz verhieß nichts Gutes.

Früher wäre sie gleich vom Büro ins Restaurant gefahren, aber im Moment hatte sie mehr Zeit als ihr lieb war. Als sie bei Müller und Partner gekündigt hatte, war sie ganz selbstverständlich davon ausgegangen, dass ihr ein Großteil der Mandanten, die sie dort betreut hatte, in ihre eigene Kanzlei folgen würde. Bisher schien es, als hätte sie sich getäuscht. Aber warum? Die Mandanten waren mit ihrer Arbeit doch zufrieden gewesen.

Dazu kam, dass es Anwälten untersagt war, Werbung zu machen.

„Die Zeit wird für dich arbeiten", hatte Helmut Burger, Elenas Lover und selbst Anwalt, neulich gesagt. Klugscheißer. Obwohl, eigentlich war er ganz nett. Außerdem hatte er ihr schon zwei Vertretungen zukommen lassen.

Auf dem Heimweg besorgte sie noch rasch einen Adventskranz. Das hatte sie bisher nie gemacht, aber Klaus schien auf so etwas zu stehen. Konnte er haben.

Sie entschied sich für ein besonders traditionelles Stück mit drei lilafarbenen und einer rosaroten Kerze. Klaus hatte einmal erwähnt, dass sie das früher immer so gehabt hatten. Sie hätte es lieber etwas peppiger gehabt, aber wenn es ihn glücklich machte ...

Daheim stellte sie den Kranz auf den Couchtisch – das sah eigentlich ganz nett aus. Dann ging sie unter die Dusche, durchsuchte den Kleiderschrank, entschied sich für das dunkelblaue Etuikleid und machte sich wieder auf den Weg.

Nun saß sie Klaus gegenüber und wartete gespannt, was er ihr zu sagen hatte. Noch war er mit der Speisekarte beschäftigt. Ob sie nicht doch eine Vorspeise wolle? Nein, wollte sie nicht, sie wollte endlich wissen, was los war. Aber das sagte sie nicht, ließ sich stattdessen zu einem Schaumsüppchen überreden.

Endlich war die Bestellung aufgegeben, der Aperitif serviert.

„Auf uns", sagte Klaus und lächelte ihr zu. Auf uns also. Na immerhin. Sie hatte schon fast befürchtet, Adriane hätte ihr Engagement abgesagt und wollte ihren Mann wiederhaben. Aber das war natürlich Blödsinn. Außerdem hätte Klaus da auch noch ein Wörtchen mitzureden.

Endlich begann er zu erzählen: „Also, wir haben vereinbart, dass Adriane Mitte Januar nach Klagenfurt zieht."

Sie nickte. Das war ja klar.

„Vorerst für ein halbes Jahr", fuhr er fort. „Die Kinder bleiben bei mir. In den ersten Wochen, während der Probezeit, kann Adriane, wenn überhaupt, nur an den Wochenenden kommen, das wird schwierig. Danach hat man ihr versprochen, dass sie nach Möglichkeit in der ersten Wochenhälfte daheim sein kann. Garantie gibt es dafür natürlich keine, aber man würde sich darum bemühen. Klingt alles ziemlich schwammig."

„Wie lange soll das so gehen?"

„Bis Ende Juni. "

„Und wie soll das funktionieren?"

„Das weiß ich auch noch nicht, aber irgendwie muss es ja gehen."

„Was sagen denn die Kinder dazu?"

„Bienchen hat geweint, Roland hat erst getobt und sich anschließend in seinem Zimmer eingeschlossen, aber sonst war alles paletti."

Kerstin nickte, aber es war lediglich eine mechanische Kopfbewegung. Was sollte sie auch sagen. Sie hatte keine Ahnung von Kindern – wenn man davon absah, dass sie selbst einmal eines gewesen war. Allerdings ein ganz untypisches, wie Elena neulich gemeint hatte.

Eine Weile war es ruhig am Tisch, dann fragte Kerstin: „Wie ist deine Frau denn überhaupt zu diesem Engagement gekommen?"

„Sie kennt den Intendanten von früher. Die Details wollte ich ehrlich gesagt gar nicht wissen. Angeblich hat der ihr auch die kleine Wohnung vermittelt, und er spielt selbst mit."

„Und was wird gespielt?"

„Ingeborg. Kennst du nicht? Das tröstet mich. Adriane hat mich angesehen, als wäre ich der letzte Trottel. Aber ich habe mich aufklären lassen. Ingeborg ist angeblich ein sehr bekanntes Stück von Curt Götz. Jedenfalls spielt sie die Ingeborg und er den Peter."

„Ist das ihr Mann?"

Klaus schüttelte den Kopf. „Ihr Freund. Ist das nicht ein Zufall?"

Kerstin sah auf. „Bist du etwa eifersüchtig?"

Er atmete durch, dann lächelte er und legte seine Hand auf die ihre. „Sei unbesorgt. Nur aus Gewohnheit."

„Kann man aus Gewohnheit eifersüchtig sein?"

„Sieht so aus, denn im Grunde habe ich diese Phase schon lange hinter mir. Was mich immer noch aufregt, ist die Art, wie sie sich ständig über alles hinwegsetzt und sich damit immer wieder ... Vorteile verschafft."

„Du meinst, sie hat ihm schöne Augen gemacht."

„Das hast du aber sehr vornehm ausgedrückt", antwortete Klaus. Es klang süffisant. Dann brachte der Kellner die Vorspeisen.

*

„Na wunderbar!", sagte Kerstin mit Grabesstimme.

Klaus hatte ihr soeben mitgeteilt, dass Adriane auch schon im Dezember für einige Tage nach Klagenfurt musste, es gab da einige Vorbesprechungen, und das ausgerechnet am zweiten Adventswochenende.

Klaus ging ganz selbstverständlich davon aus, dass Kerstin diese Tage mit ihm und den Kindern verbringen würde.

„Wir könnten Kekse backen. Allerdings müssten wir das bei dir machen, denn Adriane will nicht, dass du zu uns kommst."

„Da sind wir ausnahmsweise einer Meinung", knurrte Kerstin. „Das möchte ich nämlich auch nicht."

„Dann ist ja alles geklärt. Am Samstag gehen wir wieder auf diesen netten Weihnachtsmarkt, wo wir im vorigen Jahr deine Schwägerin getroffen haben, danach könnten wir essen gehen, vielleicht in dieses Wok-Haus, das mögen die Kinder ganz gern. Am Sonntag kommen wir dann zu dir und backen Kekse. Was hältst du davon?"

Genau genommen hielt sie gar nichts davon, aber so direkt wollte sie es ihm nicht sagen, also murmelte sie: „Ich habe keine Ahnung vom Keksebacken."

„Ich auch nicht", lachte Klaus, „aber zum Glück können wir beide ganz gut lesen. Ich werde ein paar einfache Rezepte heraussuchen. Du wirst sehen, das schaffen wir mit links."

Im Grunde wollte sie es gar nicht schaffen, weder mit links, noch mit rechts. Aber was macht der Mensch nicht alles - aus Liebe.

Schon am nächsten Morgen hatte Klaus ihr einige Rezepte gemailt. Knusperschnittchen, Kokosbusserl, Schneesterne und Schokoladenplätzchen. Er würde die Zutaten besorgen.

Der meinte das ernst.

*

Das Wochenende hatte dann insofern ganz gut begonnen, als Roland sich geweigert hatte, mit auf den Weihnachtsmarkt zu kommen. Er wollte lieber mit seinem Freund chillen. Also war Klaus nur mit Bienchen erschienen.

Die war anfangs zwar auch sauer, weil ihre Mutter nicht da war, aber gut, das konnte man ja verstehen. Immerhin ließ sie sich zu einem Kinderpunsch überreden, und nachdem Klaus auch noch einen Zuckerapfel genehmigt und ein paar Weihnachtskugeln erstanden hatte, schien ihr seelisches Gleichgewicht wieder hergestellt.

Der Sonntag begann weniger verheißungsvoll.

Roland schien von der Idee der Keksherstellung ebenso wenig begeistert wie Kerstin, allerdings mit dem Unterschied, dass er nicht so heroisch lächelte.

Klaus hatte schon am Freitag alle Zutaten gebracht und auch einen genauen Plan gemacht, womit sie beginnen würden und wer mit welchen Aufgaben betraut werden sollte. Zuerst seien die Schneesterne an der Reihe, erklärte er. Das müsse so sein, damit man sie am Ende verzieren konnte.

Bienchen – eigentlich Sabine, aber alle sagten nur Biene oder Bienchen zu ihr – wollte sie allerdings jetzt schon verzieren und Klaus musste alle seine pädagogischen Fähigkeiten aufbieten, um ihr zu erklären, dass das einfach nicht möglich war, weil man sie doch erst backen musste.

Als Biene das endlich eingesehen hatte, stellte sich heraus, dass der Plan einen Fehler aufwies. Denn ausgerechnet Biene, die Einzige, die sich wirklich aufs Backen freute, war erst zum Ausstechen der Kekse eingeteilt. Zuvor musste aber der Teig angerührt werden. Das würde Klaus im Nu erledigen, erklärte er ihr. Roland und Kerstin sollten sich in der Zwischenzeit um Bienchen, das Ausfetten der Backbleche und weihnachtliche Musik kümmern.

Dann legte der Küchenchef los. Dummerweise hatte er vergessen zu erwähnen, dass die Butter für die Schneesterne zimmerwarm sein sollte. Kerstin hatte die Butter im

Eisschrank gelagert, sie war demnach steinhart. Also musste neuerlich umgeplant werden. Da man für Schokoplätzchen und Knusperschnittchen ebenfalls zimmerwarme Butter benötigte, entschied Klaus, dass man mit den Kokosbusserln beginnen würde. „Was sonst", dachte Kerstin und machte sich daran, die Eier zu trennen. Klar, dass ihr gleich beim ersten Ei etwas Dotter zum Eiklar rutschte. Das sah Klaus gar nicht gern.

„Komm, Schatz, ich mach das", sagte er. Warum klang es in ihren Ohren wie „Geh weg, dumme Kuh?"

Roland hatte sich in der Zwischenzeit – ungefragt – die Fernbedingung geschnappt und sich vor dem Fernseher niedergelassen. Zumindest war er aus dem Weg, Kerstins Küche war für vier Personen ohnehin zu klein.

„Was machen wir mit den übrig gebliebenen Dottern?", fragte Kerstin.

„Daraus machen wir später die Mayonnaise für den Nudelsalat."

Ach ja, der Nudelsalat. Scheibenkleister. Sie hatte vergessen, Schinken und Käse zu besorgen.

„Was hast du denn sonst noch zu Hause", wollte Klaus wissen.

„Nicht viel, aber macht nichts, ich fahre rasch zum Bahnhof, der Supermarkt dort ist ja ganz gut sortiert. Mag jemand mitkommen?"

Niemand meldete sich. Besser so, dann konnte sie die Sache ja langsam angehen. Sollte Klaus seine Kekse doch allein backen, man konnte ihm ohnehin nichts recht machen.

Als Kerstin zurückkam, duftete es zwar herrlich nach Kokosbusserln, aber Bienchen weinte herzzerreißend, weil sie sich die Finger verbrannt hatte. Klaus tat sein Bestes und bat Kerstin um die Brandsalbe. Aber Kerstin hatte keine Brandsalbe. Zum Glück konnte die nette Nachbarin aushelfen. Kerstin kannte sie bisher nur vom Sehen.

„Heute haben Sie aber einmal eine nette Abwechslung", meinte die ältere Dame augenzwinkernd.

Oh ja.

Elena

Das Fest des Friedens

Diesmal hätte alles anders werden sollen. Seit Wochen hatte Elena überlegt, wie sie am Heiligen Abend alle ihre Lieben unter einen Hut bringen konnte. Das war nicht ganz einfach, denn sie wusste, dass weder Kerstin noch Helmut von Ossis Anwesenheit besonders erbaut sein würden, aber man konnte ihn heuer auf gar keinen Fall allein lassen.

Erst hatte Helmut heroisch gesagt, dass er das durchaus verstehen könne und er kein Problem damit hätte. Doch eben hatte er ihr mitgeteilt, dass er nun doch schon am 24. zu seiner Tochter fahren würde. Sie bestand darauf – leider.

So was Dummes aber auch, wo sie sich alles so schön ausgemalt hatte. Außerdem hatte sie doch so eine elegante Krawatte für ihn gekauft. Jetzt brauchte sie einen Schnaps.

Ohne Helmut konnte ihr das ganze Weihnachtsfest gestohlen bleiben. Unschlüssig stand sie vor ihrer Hausbar, dann schenkte sie sich einen Grappa ein, zündete eine Kerze an und legte eine Weihnachts-CD auf. Wäre doch gelacht, wenn sie nicht auch ohne Helmut in Weihnachtsstimmung käme. Sie prostete sich selbst zu und nahm einen Schluck.

Das Dreiergespann aus Schnaps, Musik und Kerzenlicht tat seine Wirkung.

Selbstverständlich würden sie Weihnachten feiern und es würde auch ohne ihn Freude machen. Sie war jetzt 61 und hatte noch nie mit Helmut gefeiert – es war trotzdem immer schön gewesen. Vielleicht, weil sie ihn früher nicht gekannt hatte, zumindest nicht so, wie sie ihn jetzt kannte. Aber bitte, wenn er lieber zu seiner Tochter fuhr, würde sie die Krawatte eben Ossi oder Axel schenken. Obwohl - die beiden würden nicht gerade tanzen vor Freude, dachte sie mit einem Grinsen, denn weder Ossi noch Axel waren begeisterte Krawattenträger.

Helmut hingegen hatte sie in der Kanzlei noch nie ohne gesehen.

Als das Grappa-Glas leer war, musste Elena sich immerhin eingestehen, dass es für sie einfacher gewesen wäre. Sie hätte ihre Familie *und* Helmut gehabt. Sie hätte nicht wählen müssen. Und überhaupt - wie hätte sie sich entschieden?

Außerdem würden sie vor seiner Abreise noch essen gehen, da konnte sie ihm doch wenigstens die Krawatte geben.

*

Als Elena am nächsten Abend den letzten Patienten verabschiedet hatte, steckte Klaus seinen schwarz gelockten Kopf durch die Tür. „Hast du einen Moment für mich?"

„Immer."

Er kam herein und setzte sich auf die Behandlungsliege. Sein Blick erinnerte sie an Axel. So hatte er sie immer angesehen, wenn er etwas ausgefressen hatte.

„Was hast du angestellt?"

Er grinste. „Wie kommst du darauf?"

„Intuition?"

„Ich habe gar nichts angestellt, zumindest nicht absichtlich. Was ich damit sagen will, ist, dass ich doch nichts dafür kann, und ich wollte Kerstin auf keinen Fall wehtun."

„Muss ich das an diesem Punkt schon verstehen oder bekomme ich noch ein paar Details?"

„Es geht um Weihnachten. Kerstin wollte doch, dass ich mit euch feiere."

„Das ist mir bekannt."

Klaus holte tief Atem. „Das hätte ich auch wirklich gerne getan, aber Adriane besteht leider darauf, dass wir gemeinsam zu ihren Eltern fahren."

„Und was willst du?"

Klaus warf ihr einen langen Blick zu. „Ehrlich?"

Elena nickte.

„Ich weiß es nicht", seufzte Klaus. „Natürlich wäre ich gerne mit Kerstin zusammen, aber eben auch mit den Kindern. Vor allem Bienchen wäre enttäuscht, wenn ich nicht mitkäme. Sie hat gestern fürchterlich geweint, als Adriane gesagt hat, wenn ich nicht mitkomme, dann fahren sie eben ohne mich."

„Die Kleine hängt wohl sehr an dir", meinte Elena. „Das sollte Kerstin eigentlich verstehen, schließlich war sie früher auch so ein Papa-Kind."

„Anders als jetzt", meinte Klaus mit einem leichten Lächeln.

„Erinnere mich bloß nicht daran. Ich habe ihr noch gar nicht gesagt, dass Ossi kommt. Das wird ihre Stimmung auch nicht heben."

„Diesbezüglich kann ich dich beruhigen. Sie tanzt zwar nicht vor Freude, aber diesmal rechnet sie damit."

*

Letzten Endes war alles wie immer – sogar Weihnachtsstimmung ergriff Elena, als sie nun mit ihrer Familie um den großen Esstisch saß, den sie diesmal, wie auch den Christbaum, in Rot und Orange dekoriert hatte. Vor lauter Ergriffenheit hätte sie vorhin beinah die Crostini verbrennen lassen, die sie zur Bouillabaisse reichte. Sie hatte sich heuer nämlich dazu entschlossen, selbst zu kochen. Genau genommen hatte Ossi sie auf die Idee gebracht. Er hatte ihr angeboten, schon einen Tag früher zu kommen und ihr zur Hand zu gehen. Das gemeinsame Kochen war eine nette Abwechslung gewesen und hatte sie über Helmuts Abwesenheit ein wenig hinweggetröstet.

Auch alle anderen schienen fröhlich und ließen es sich schmecken, sogar Kerstin machte ein freundliches Gesicht, obwohl sie natürlich immer noch enttäuscht war, dass Klaus nun doch zu seinen Schwiegereltern nach Salzburg gefahren war.

„Das musste doch nicht sein", hatte Kerstin gesagt. „Sie hätten doch auch hier bleiben können. Dann hätte er erst mit den Kindern und später mit uns feiern können."

„Da ist was dran", dachte Elena und reichte lächelnd die Sauce Rouille weiter. Sie zweifelte nicht an Klaus' ehrlichen Absichten gegenüber Kerstin, aber diese Adriane schien eine ziemlich durchsetzungsstarke Person zu sein. Möglicherweise kam ihr dabei ihr schauspielerisches Talent zugute. Die Tochter schien jedenfalls vom schauspielerischen Talent ihrer Mutter etwas mitbekommen zu haben. Einige Tricks hatte sie schon ganz gut drauf, wie Elena bei der Weihnachtsfeier in der Praxis hatte beobachten können. Ein Blick aus von Tränen verschleierten Augen, und schon schmolz der gute Klaus dahin wie Butter in der Sonne.

Arme Kerstin. Da kam noch einiges auf sie zu.

Als Elena später, unterstützt von Yvonne, den Tisch abräumte, hörte sie, wie Ossi Maren fragte, ob sie in den nächsten Tagen einmal Zeit hätte, um ihn in einer Immobilienfrage zu beraten. Was er wohl wissen wollte?

*

Das Mittagessen am Christtag fand dieses Jahr erstmals bei Maren und Axel statt. In ihrer alten Wohnung wäre es einfach zu eng gewesen, doch nun, in der weitläufigen Dachgeschosswohnung in der Nelkengasse, hatten sie ausreichend Platz für die ganze Familie. Elena hatte natürlich angeboten, ihr zur Hand zu gehen, aber Maren hatte dankend abgelehnt. „Diesmal sind wir dran. Yvonne und meine Mutter werden mir helfen. Schließlich hast du ja mit dem Heiligen Abend genug Arbeit."

Da das Wetter gut war, hatten Elena und Ossi beschlossen, den Hinweg zu Fuß zu gehen und mit einem Taxi zurückzufahren. Es war sonnig, aber kalt. Nachdem sie eine Weile schweigend dahinspazierten, fragte Elena: „Was genau möchtest du eigentlich mit Maren besprechen?"

Ossi schwieg erst, dann hakte er sich bei ihr unter. „Ich fühle mich seit Mutters Tod im Waldgau ziemlich einsam. Deshalb überlege ich, das Haus zu verkaufen. Ich hoffe, es bringt genug ein, um mir davon hier, in eurer Nähe, eine Wohnung kaufen zu können. Was hältst du davon?"

Elena wusste nicht recht, was sie sagen sollte. Das kam ziemlich unerwartet. Natürlich war es ungewohnt für ihn, allein im Haus zu sein, aber er hatte doch eine Menge Bekannte. Anstatt seine Frage zu beantworten,

fragte sie: „Und warum hast du mir das nicht erzählt?"

„Ich wollte halt nicht über ungelegte Eier gackern und lieber erst wissen, ob das Geld aus dem Verkauf einigermaßen reichen wird."

„Das wird vermutlich davon abhängen, wie mehr oder weniger bescheiden deine Ansprüche sind", entgegnete Elena amüsiert. „Wohnung ist bekanntlich nicht gleich Wohnung."

„Meine persönlichen Ansprüche sind bescheiden, aber ich bräuchte halt einen Raum zum Malen, und der muss viel Licht haben, wie du weißt."

Elena konnte sich noch gut daran erinnern, dass immer der hellste Raum als Atelier hatte herhalten müssen. „Das könnte allerdings teuer werden. Ich bin gespannt, wie Maren deine Chancen einschätzt."

Nach einer Weile fragte Ossi: „Sag mal, dieser Freund von Kerstin, hat der keine Familie?"

Elena sah ihn erstaunt an. „Doch, eine fast geschiedene Frau und zwei Kinder. Deswegen konnte er doch gestern nicht dabei sein."

„Das habe ich schon verstanden, aber hat er denn keine Eltern?"

„Seine Mutter ist vor einigen Jahren an Krebs gestorben und sein Vater hat irgendwie nie eine Rolle gespielt. Einmal hat er von einem Stiefvater gesprochen, aber der ist auch schon tot. Mehr weiß ich leider auch nicht. Warum fragst du?"

„Ich habe gestern ein wenig gelauscht, als Kerstin sich mit Maren unterhalten hat. Dabei ist mir aufgefallen, dass es scheinbar keine Großeltern gibt, die ab und zu einspringen könnten."

„Das hast du ganz richtig verstanden. Wenn das mit den beiden was wird, sind *wir* die Großeltern."

Ossi

Ossi und die Powerfrauen

Drei Tage später machte Ossi sich wieder auf den Weg in den Waldgau. Obwohl es grau und neblig war, wählte er die längere Route über die Landstraße, er hatte keine Eile, nach Hause zu kommen. Niemand würde auf ihn warten, außer vielleicht seine Kartenfreunde im Wirtshaus. Wenigstens ein Trost.

Er hätte nichts dagegen gehabt, auch noch über Silvester bei Elena zu bleiben, aber sie hatte ihn nicht dazu aufgefordert, und er wollte sich keinesfalls aufdrängen. Außerdem würde sie den Silvesterabend mit Henriette und diesem Doktor Burger verbringen. Er hatte Henriette immer gern gemocht, wusste aber, dass sie ihm seit der Scheidung ziemlich kritisch gegenüberstand.

Schon komisch, mit Elena verstand er sich längst wieder prächtig, aber Henriette und Kerstin sahen in ihm immer noch – tja, was eigentlich? Den Feind? Er hatte ihnen doch nichts getan.

Dieser Burger war bei der Scheidung Elenas Anwalt gewesen. Ossi konnte sich kaum noch an ihn erinnern, verspürte aber auch nicht den Wunsch, diese Bekanntschaft zu erneuern.

Also war es wohl besser, wieder heimzufahren, wenn ihm auch vor dem leeren Haus graute. Er war fürs Alleinsein eben nicht geschaffen. Zum Glück war heute Kartenabend und gleich morgen würde er sich mit einer Flasche Wein bei den Nachbarn dafür bedanken, dass sie während seiner Abwesenheit nach dem Rechten gesehen hatten. Wenn er Glück hatte, luden sie ihn am Silvesterabend ein, andernfalls bliebe ihm immer noch sein Fanklub, die drei Damen, mit denen er sich jeden Mittwoch in der Konditorei traf. Aber da war es vermutlich noch besser, sich mit einer Flasche Sekt ins Atelier zurückzuziehen und sich seinen Kummer von der Seele zu malen.

Nach Neujahr würde er sich dann um das Haus kümmern müssen. Keine angenehme Vorstellung. Vielleicht sollte er am nächsten Mittwoch eine entsprechende Bemerkung bei seinen Damen fallen lassen, möglich, dass sie ihm zur Hand gingen. Maren hatte jedenfalls ausdrücklich darauf hingewiesen, wie wichtig es sei, dass das Haus einen angenehmen Eindruck auf die Kaufinteressenten machte. Wollte er einen möglichst hohen Kaufpreis erzielen, müsste er das Haus weitgehend räumen und ausziehen, dann erst würde sie die Sache in die Hand nehmen. Wie hatte sie das genannt? Homestaging? Das würde die Verkaufszeit vermindern und den Preis erhöhen. Was es nicht alles gab. Ihm sollte es recht sein.

Elena hielt ja große Stücke auf Maren. Kein Wunder, die beiden waren einander nicht unähnlich. Zumindest war Marens erster Tipp schon einmal nicht falsch gewesen. Er solle sich, wegen der ortsüblichen Grundstückspreise, im Ort umhören. Hatte er ohnehin schon gemacht. Der Bürgermeister und der Gemeindesekretär wären die besten Ansprechpartner.

Auch das war ihm klar, nur hatten ihn deren Auskünfte nicht zufriedengestellt. Aber das hatte er Maren natürlich nicht auf die Nase gebunden, so weltfremd war er auch wieder nicht. Mal sehen, welchen Kaufpreis sie für möglich hielt.

Wenn das Wetter gut war, würden die drei am Dreikönigstag kommen und übers Wochenende bleiben. Elena hatte angedeutet, vielleicht mitzukommen.

Er lächelte. Vielleicht ließ sich sein Verhältnis zu Elena doch noch reparieren – Doktor Burger hin oder her. Ihr Verhältnis hatte sich in den letzten zwei Jahren jedenfalls deutlich verbessert.

Nur schade, dass er zu Kerstin immer noch keinen rechten Zugang gefunden hatte. Zwar war sie heuer nicht mehr ganz so abweisend gewesen wie im Vorjahr, aber ihre kühle Höflichkeit schmerzte.

Sein Mäuselchen. Wie konnte sie nur so stur sein? Diese unversöhnliche Sturheit hatte sie weder von ihm, noch von Elena. Das war ganz eindeutig ein Erbteil seiner Mutter.

Sollte ihn das jetzt freuen?

*

In Sachen Hausräumung hatten seine „Mittwochs-Damen" noch nicht reagiert, dafür hatten sie ihm zu Silvester in den Dorfwirt verschleppt. Anfangs hatte er penibel drauf geachtet, nur ja keine der Damen zu bevorzugen, nur beim Mitternachtswalzer hatte er einfach die beste Tänzerin gewählt – das war ein Fehler. Jetzt musste er all seinen Charme aufwenden, um die beiden anderen wieder zu versöhnen. Aber was soll's? Wenn alles gut ging, würde er ohnehin bald in die Stadt ziehen. Er war schon gespannt, welchen Preis Maren für realistisch hielt – davon hing vieles ab.

Am Dreikönigstag strahlte die Sonne aus einem kitschig-blauen Himmel und der Raureif hatte den ganzen Waldgau in eine zauberhafte Winterlandschaft verwandelt.

Da Elena tatsächlich mitgekommen war, hatte er zur Begrüßung einen ordentlichen Topf Kalbsgulasch gekocht - das mochte sie doch so gern, und den anderen schien es auch gut zu schmecken.

Soweit die gute Nachricht.

Die schlechte war, dass sich Marens Kaufpreisschätzung nur geringfügig von dem unterschied, was er schon in Erfahrung gebracht hatte.

Zwar unterlegte sie ihre Einschätzung mit Zahlen und Fakten, das sah beeindruckend professionell aus, machte aber im Ergebnis kaum einen Unterschied. Mehr als 150.000 Euro wären nicht zu erwarten – und *das* konnte dauern.

„Wann möchtest du denn ausziehen?", hörte er sie fragen.

„So rasch wie möglich", seufzte er. „Obwohl mir natürlich klar ist, dass man so einen Verkauf nicht übers Knie brechen kann."

„Zumindest nicht, wenn man einen ordentlichen Kaufpreis erzielen will", ergänzte Maren.

150.000 waren zwar eine Menge Geld, aber laut Maren eindeutig zu wenig, um davon eine Wohnung und ein Atelier zu kaufen. Vielleicht, wenn er ...

„Hast du mir überhaupt zugehört?", hörte er Maren sagen. Nein, hatte er nicht. Er wandte sich ihr zu und schenkte ihr ein Lächeln, eines von den unwiderstehlichen, ehe er sagte: „Verzeih, meine Liebe, deine Nachricht hat meine Pläne etwas durcheinandergebracht."

„Ich habe versucht, dir klar zu machen, dass wir meist einen besseren Preis erzielen, wenn der Verkäufer bei den Besichtigungen nicht mehr anwesend ist."

„Ich weiß, das hast du zu Weihnachten schon angedeutet. Aber wo soll ich in der Zwischenzeit denn bleiben? Ich bin ein armer Künstler, ohne das Geld aus dem Hausverkauf kann ich mir keine Wohnung leisten."

„Vielleicht bekommen wir in den nächsten Monaten in der Nelkengasse eine Wohnung frei, dann könntest du übergangsweise dort wohnen", meinte Maren mit einem Blick zu Elena.

„Das kommt nicht infrage", beeilte er sich zu sagen. Er wollte sich Elena nicht aufdrängen. „Nein, das kann ich nicht annehmen."

Elena ließ seinen Einwurf unbeachtet. „Soviel ich weiß, wird im März eine Erdgeschosswohnung frei. Nichts Besonderes, ich wollte sie ein wenig aufhübschen und für eine Flüchtlingsfamilie zur Verfügung stellen, aber vielleicht geht es für ein paar Monate auch unsaniert, als Notlösung."

„Das ist wirklich sehr lieb von dir, aber so schnell, wie ihr euch das vorstellt, geht das doch alles nicht. Außerdem, wo soll ich denn arbeiten?"

„Das wird sich alles finden", meinte Elena.

Ossi hatte vorgehabt, im Februar zu seinem Freund nach Südfrankreich zu fahren. Elena würde das Argument aber nicht gelten lassen. Also sagte er: „Ach Elena, das sagst du so locker, aber ich wiederhole mich, so einfach geht das alles nicht."

Axel lachte und schenkte sich noch ein Glas Bier ein. „Mein lieber Ossi, du wirst dich noch wundern, was alles geht, wenn unsere Powerfrauen erst das Kommando übernommen haben."

Kerstin

Alltag mit Hindernissen

Das wurde ja immer bunter! Nicht genug damit, dass ihr Vater in die Stadt ziehen würde, jetzt wollte ihn Elena auch noch in der Nelkengasse einquartieren.

Und was machte Klaus? Schnipselte Gemüse und fragte doof: „Wo ist das Problem?"

„Das Problem ist, dass er sich langsam wieder in unser aller Leben einschleicht."

Klaus schüttete die Karottenstifte ins Wasser. „Er ist einsam - und er ist euer Vater. Also ich finde ihn sehr nett, und in deinen Erzählungen von früher kommt er doch auch gut weg."

„So geht das aber nicht. Wir sind ja nicht seine Schachfiguren, die er nach Lust und Laune hin- und herschieben kann."

Der Blick, mit dem Klaus sie ansah, verriet Unverständnis. Heiliger Himmel, sie galt bei Gericht als durchaus redegewandt, warum konnte sie sich nie verständlich machen, wenn es um ihren Vater ging? Also fügte sie noch rasch hinzu: „Und wenn es ihm nicht mehr passt, haut er einfach wieder ab. Das kennen wir schon."

Jetzt kam Klaus auf sie zu und sagte mit sanfter Stimme: „Langsam verstehe ich, du hast Angst davor, wieder verletzt zu werden."

„Unsinn, mein Vater kann mich schon lange nicht mehr verletzen. Außerdem haben wir beide zurzeit andere Sorgen. Wann beginnen Adrianes Proben?"

„Übermorgen, ich will noch gar nicht daran denken. Lass uns erst noch diesen Abend und diese Nacht genießen. Morgen muss ich ohnehin schon nach dem Frühstück weg. Ich habe Bienchen versprochen, mit ihr rodeln zu gehen. Anschließend gibt es ein Familien-Abschiedsessen."

Kerstin wollte schon fragen, wie oft der Abschied denn noch zelebriert werden sollte, schließlich waren schon die vergangenen Feiertage dem „Familien-Abschied" zum Opfer gefallen.

Doch dann hielt sie den Mund. Er hatte ja recht, sie sollten die nächsten Stunden genießen. Die kommenden Wochen würden hart genug werden. Also zündete sie die Kerzen auf dem Esstisch an und wartete, was ihr persönlicher Chefkoch ihr kredenzen würde.

*

Laut Klaus' minutiös aufgestellter Wochenplanung würde er die Kinder morgens zur Schule bringen und gleich anschließend in die Praxis fahren. Dort musste er sich bis zehn Uhr allein behelfen, denn seine Sprechstundenhilfe hatte ihn wissen lassen, dass ein Arbeitsbeginn vor zehn Uhr für sie nicht infrage kam.

Zu Mittag wollte er einkaufen, Biene von der Schule abholen und sie zu ihrer neuen Tagesmutter bringen, einer Freundin von Adriane, die selbst zwei Kinder hatte und derzeit nicht berufstätig war.

Abends würde er sie von dort abholen, daheim eine Kleinigkeit kochen und mit den Kindern einen gemütlichen Abend verbringen.

Das klang zwar durchaus machbar, hatte allerdings den Nachteil, dass sie sich, wenn überhaupt, erst am Freitagabend wiedersehen konnten, sobald Adriane zurück war, denn die hatte es sich verbeten, dass Kerstin die Familienwohnung betrat.

Das wäre Kerstin ohnehin nicht in den Sinn gekommen.

Sie hatte ihre eigenen Probleme, denn die Kanzlei, die sie mit so großen Erwartungen eröffnet hatte, lief immer noch nicht nach ihren Vorstellungen. Das hatte sie bereits einige schlaflose Nächte gekostet, denn das Wort Misserfolg kam in ihrem Wortschatz nicht vor.

Als Ergebnis der nächtelangen Grübeleien verabredete sie sich mit Roman, ihrem Ex-Lover, im Fitness-Center und lud ihn anschließend auf einen Drink ein.

Bingo. Nach dem zweiten Bier erzählt er ihr, natürlich unter dem Siegel der Verschwiegenheit, dass Doktor Müller, ihr ehemaliger Chef, unter den Klienten verbreitet hatte, sie hätte die Kanzlei verlassen, weil sie zukünftig Klienten zu vertreten gedächte, die in seiner Kanzlei keinen Platz hatten.

Das stimmte zwar, klang aber, als plane sie, zukünftig nur noch unterstandslose Clochards zu vertreten. So eine Frechheit. In Wahrheit hatte er mehr oder weniger von ihr verlangt, den Prozess eines Bauträgers zu verlieren, weil er sich dadurch zusätzliche Aufträge durch den Bürgermeister erwartet hatte. Diese Erwartung hatte sich übrigens nur teilweise erfüllt, wie Roman weiter erzählte. Möglicherweise war Müller deswegen so besorgt, weitere Klienten an Kerstin zu verlieren.

Dieser Abend verursachte Kerstin noch eine schlaflose Nacht. Sie kannte zwar nun den Grund, warum ihre ehemaligen Klienten ihr gegenüber so zurückhaltend reagierten, hatte aber keinen Plan, wie sie dem entgegentreten sollte – schließlich durfte sie eigentlich gar nicht wissen, was sie nun wusste.

Noch während sie darüber nachdachte, kam Klaus' Wochenplanung arg durcheinander, denn eines der Kinder der Tagesmutter hatte die Masern bekommen, sodass sie Bienchen, aus verständlichen Gründen, nicht übernehmen konnte.

Im ersten Schock hatte Klaus die Kleine einfach in die Praxis mitgenommen. Dass das nicht gut gehen konnte, war auch klar. Entnervt rief er Kerstin an, ob sie Bienchen nicht abholen könnte.

„Abholen kann ich sie schon, aber was machen wir dann?"

„Biene wird bestimmt etwas einfallen."

Na dann. Zum Glück wurde Adriane für den nächsten Tag erwartet.

*

Als Klaus Kerstin am Freitagabend - eine halbe Stunde später als verabredet - in ihrer Kanzlei abholte, sah er müde und abgespannt aus.

„Die Woche als alleinerziehender Vater scheint dir zugesetzt zu haben", sagte sie mit einem Anflug von Schadenfreude. Schließlich war ihr gestriger Nachmittag mit der Kleinen auch nicht ganz easy gewesen.

„Du hast recht. Haben wir noch Zeit für einen Drink?"

Kerstin wies wortlos auf die Uhr. „Eher nicht, aber wir brauchen ja nicht weit zu gehen."

Sie waren bei Maren und Axel zu einem Fondue-Abend eingeladen, mussten daher nur mit dem Lift ins Dachgeschoss fahren.

Als sie später gemütlich um den Fondue-Topf saßen, fragte Kerstin: „Was sagt ihr dazu, dass Elena die Wohnung unter meiner Kanzlei an Ossi vermieten will?"

„Sie will sie ihm doch nicht vermieten", korrigierte Maren. „Er soll nur übergangsweise dort wohnen, bis es uns gelungen ist, sein Haus im Waldgau zu verkaufen."

„Lohnt sich das denn für euch? Die Fahrtzeit beträgt immerhin zwei Stunden", legte Kerstin nach.

„Wir arbeiten mit einem Kollegen zusammen. Er macht für uns die Besichtigungen und bekommt dafür einen Teil der Provision. Viel ist es nicht, weil ich von eurem Vater natürlich keine Abgeberprovision verlange."

„Warum eigentlich nicht?"

„Jetzt mach aber mal einen Punkt", fuhr Axel dazwischen.

„Ich meine, wir wissen alle, dass du seit der Scheidung auf Ossi nicht gut zu sprechen bist, aber irgendwann muss es doch auch gut sein."

„Also *ich* freue mich, dass Opa hier wohnen wird", sagte Yvonne in einem Ton, der Kerstin vorerst schweigen ließ. Sie hatte nicht die Absicht, mit einem Teenager über das Verhältnis zu ihrem Vater zu diskutieren.

„Ich finde Ossi echt cool", fuhr Yvonne fort und setzte unnötigerweise hinzu: „Jedenfalls ist er deutlich weniger krass als der Rest der Familie. Er hat sogar einen Facebook-Account."

Da der Rest der Familie, soweit er am Tisch saß, auf diese Provokation nicht weiter einging, zog sich Yvonne bald zurück.

„Es geht nichts über pubertierende Töchter", meinte Axel, sobald sie außer Hörweite war.

„Eventuell noch pubertierende Söhne", meinte Klaus und prostete Axel zu. „Also meiner hat mich im Laufe dieser Woche mehrfach auf die Palme gebracht."

„Gleich mehrfach?", fragte Kerstin scheinheilig.

„Um genau zu sein: alle zehn Minuten."

„Alle zehn Minuten? Dann scheint es sich um ein strukturelles Problem zu handeln", meine Axel mit einem Grinsen.

„Möglich. Apropos strukturelles Problem: Was tut die Regierung eigentlich gegen den drohenden Ärztemangel?"

„Vermutlich nichts, wie immer. Deshalb ist es ja so wichtig, die Ökologische Mitte zu unterstützen", antwortete Axel wie aus der Pistole geschossen.

„Du redest schon wie ein alter Politiker", moserte Maren und Axel gab zurück: „Ich *bin* Politiker, wenn auch noch kein besonders alter."

Schon waren sie mitten in einer politischen Debatte, die sie den ganzen Abend nicht mehr loslassen sollte.

Elena

Semesterferien

Als das Telefon klingelte, legte Elena das Buch „Wunder im Alltag" zur Seite, das Klaus ihr zu Weihnachten geschenkt hatte.

„Ja, bitte."

„Hallo Elena."

„Hallo Klaus. Ich habe gerade in deinem Buch gelesen."

„Habe ich denn eines geschrieben?"

„Du weißt schon, das Buch, das du mir zu Weihnachten geschenkt hast."

„Verstehe. Jetzt hältst du meinen Anruf wohl für Gedankenübertragung", versuchte er zu scherzen, aber Elena merkte gleich, dass er nicht zum Scherzen aufgelegt war.

„Eher für Zufall. Was verschafft mir die Ehre deines Anrufes?"

„Nenn es einen Hilferuf. Meine Sprechstundenhilfe, Frau Müller, hat sich soeben krank gemeldet. Grippe, die echte. Sie fällt vermutlich für zwei Wochen aus."

„Trotz Impfung?"

„Ehrlich gesagt weiß ich nicht, ob sie geimpft ist. Blöd ist, dass die Dame, die mir in ähnlichen Fällen immer aushilft, ab Montag im Urlaub ist. Semesterferien. Doppelt blöd ist, dass Bienchens Tagesmutter auch in den Skiurlaub fährt."

„Und was jetzt?"

„Ich weiß es noch nicht. Wenn du es dir möglich wäre, mir auszuhelfen, könnten wir versuchen, die Praxis gemeinsam irgendwie auf die Reihe zu bekommen."

„Natürlich kann ich dir aushelfen, aber was wird aus deiner Tochter Sabine?"

„Da muss mir noch was einfallen. Bei uns im Haus gibt es eine kleine private Kindergruppe, leider nur vormittags. Ich werde einmal mein Glück versuchen und melde mich dann."

Elena nahm ihr Buch wieder zur Hand, legte es dann aber entschieden zur Seite, um nachzusehen, ob sie für nächste Woche schon Termine eingetragen hatte. Kaum hatte sie den Kalender geöffnet, meldete sich Klaus wieder.

„Kleine Erfolgsmeldung. An den Vormittagen kann ich Bienchen in dieser Kindergruppe unterbringen. Wie sie darauf reagieren wird, weiß ich noch nicht, aber das größere Problem ist ohnehin, dass ich sie dort spätestens um 13 Uhr abholen muss. Jetzt werde ich einmal bei Kerstin mein Glück versuchen."

„Du glaubst aber nicht, dass *meine* Tochter ...", gluckste Elena.

„Entschuldige, aber das ist fast komisch."

„Was ist daran so abwegig? Bienchen könnte doch bei ihr in der Kanzlei bleiben, so wie letztens. Ich glaube, sie mag Kerstin."

„Dann sollte das auch so bleiben. Ich sage ja nicht, dass Kerstin nicht ab und zu ein, zwei Stunden auf die Kleine aufpassen kann. Aber an fünf Nachmittagen, je fünf bis sechs Stunden? Das kann ich mir beim besten Willen nicht vorstellen. Ich habe eine bessere Idee. Ich lege meine Patiententermine nach Möglichkeit auf die

Vormittagsstunden und übernehme am Nachmittag deine Tochter, während Kerstin dir an der Rezeption aushelfen könnte."

„Du meinst, Kerstin soll unsere Sprechstundenhilfe ersetzen? Das will ich ihr erstens nicht zumuten, zweitens ist das auch nicht ganz so einfach."

„Weiß ich, aber *du* solltest wissen, dass Kerstin zwar eine nüchterne Person ist, aber auch einen nahezu leidenschaftlichen Ehrgeiz hat, das packt sie locker. Jedenfalls passt der Job am Empfang sicher besser zu ihr, als der der Aushilfstante. Aber frag sie doch, was ihr lieber ist. Ich versuche einstweilen, meine Termine auf den Vormittag zu verschieben."

Wie von Elena erwartet, wählte Kerstin den Job am Empfang. Klaus würde ihr am Sonntag alles Notwendige zeigen.

*

Elena hatte sämtliche Nachmittags- und Abendtermine für die fragliche Woche abgesagt, nur das Abendessen mit Helmut stand noch in ihrem Kalender. Darauf wollte sie keinesfalls verzichten. Sie würde ihn einfach zu sich einladen, dann konnte sie nachmittags nebenher kochen, und wenn Klaus Sabine etwas später abholen sollte, wäre es auch kein Drama. Das hatte sie früher doch auch gemacht, so anstrengend konnte die Kleine schließlich nicht sein.

Sie hatte ja nicht ahnen können, dass es ausgerechnet an dem Tag schneien würde. Die Kleine hatte offenbar noch nicht oft Schnee gesehen, zumindest nicht in der Stadt, und war völlig aus dem Häuschen. Also hatte Elena erst das Krautfleisch aufgestellt, das sie Helmut versprochen hatte, und war dann mit Sabine in den Garten gegangen, um einen Schneemann zu bauen – einen ganz kleinen hatte sie geplant. Aber dann hatte die Sonne so herrlich geschienen und das Herumtollen an der frischen Luft hatte auch Elena so viel Spaß gemacht, dass sie nicht gemerkt hatte, wie die Zeit verging. Als sie endlich ins Haus kamen, verbreitete das Krautfleisch bereits einen ziemlich unangenehmen Geruch.

„Sch... wanenbraten", fluchte Elena, mit Rücksicht auf Biene, als sie das ganze Ausmaß der Katastrophe erkannte. Das Krautfleisch konnte sie vergessen. Was jetzt?

„Komm, Sabine. Wir müssen rasch noch einmal einkaufen gehen."

„Aber ich mag spielen."

„Spielen kannst du nachher, erst müssen wir einkaufen, sonst haben mein Gast und ich am Abend nichts zu essen."

„Wer ist dein Gast?"

„Mein Gast heißt Helmut und ist ein sehr lieber Freund."

„Darf ich ihn auch kennenlernen?"

„Aber sicher doch."

„Heute?"

„Heute wird das leider nicht gehen."

„Warum nicht?"

„Weil dein Papa dich um sechs abholt und Helmut erst um sieben kommt."

„Ich könnte doch bei dir schlafen."

„Da wäre dein Papa aber bestimmt traurig."

„Als ich das letzte Mal bei dir geschlafen habe, war er doch auch nicht traurig."

Elena atmete durch. „Da war er ja auch mit Kerstin im Theater."

„Vielleicht mag Kerstin heute auch mit ihm ins Theater gehen?"

„Dazu bräuchten die beiden erst Karten, die sie aber nicht haben. Und jetzt zieh deine Jacke an."

„Und wenn ich nicht mag?"

„Dann ziehst du sie trotzdem an, und zwar ein bisschen flott."

„Ich bin aber müde."

„Ich auch, wir gehen trotzdem einkaufen."

Um die Sache etwas zu beschleunigen, hielt Elena ihr die Jacke hin. „Bei meiner Mama muss ich aber nie einkaufen gehen, wenn ich müde bin."

„Das kann deine Mama halten, wie sie will. Bei mir herrschen andere Regeln." Mit diesen Worten stopfte sie Biene in die Jacke und schob sie zur Tür hinaus.

Während Biene auf dem Rücksitz grummelte, wie ungerecht das alles sei, überlegte Elena, was sie auf die Schnelle kochen konnte.

Sie würde Schweinefilet kaufen, das ging flott, und wenn sie eine Wurzelsoße dazu zauberte, konnte sie sogar die flaumigen Serviettenknödel dazu machen, die Helmut so gern mochte.

Als sie endlich wieder zu Hause waren, war es fünf. In zwei Stunden kam Helmut. Biene blieb noch mindestens eine Stunde, sie hatte, von der Nachspeise einmal abgesehen, noch nichts gekocht, keinen Tisch gedeckt und darüber, wie ihr Haar aussah, wollte sie lieber nicht nachdenken.

*

Zum Glück hatte sich auch Helmut ein wenig verspätet, sodass Elena ihm einigermaßen restauriert gegenübertreten konnte.

„Entschuldige, meine Liebe, aber mein letzter Klient konnte wieder kein Ende finden. Du weißt ja, wie das ist, sobald man etwas vorhat, wird man aufgehalten."

„Ich glaube, es ist eher anders herum. Sobald man etwas vorhat, fällt es auf, andernfalls ist es eben egal. Bei mir war es heute übrigens auch ziemlich turbulent."

Während sie ihm ein Glas Prosecco reichte, erzählte sie in kurzen Worten, was sich dieser Tage bei ihnen so abspielte.

„Das klingt ja ziemlich anstrengend. Vormittags Praxis, nachmittags Kinderbetreuung. Wird es dir auch nicht zu viel?"

„Gar nicht. Im Grunde bin ich ganz froh, so beschäftigt zu sein. Du arbeitest ja auch den ganzen Tag."

„Stimmt schon. Ein Leben ohne meine Kanzlei kann ich mir immer noch nicht vorstellen. Dennoch, manchmal würde ich gerne ein wenig leiser treten, mehr Urlaub machen, ab und zu mal früher nach Hause gehen, nicht an jedem Wochenende arbeiten. Aber du weißt ja, wie das ist. Ganz oder gar nicht, das ist das Prinzip."

„Stimmt, es müsste so eine Art Übergangszeit geben. Aber jetzt gehe ich in die Küche. Kommst du mit?"

„Sehr gerne. Sag, wenn Kerstin Zeit hat, um bei Klaus in der Praxis auszuhelfen, dann geht ihre Kanzlei wohl immer noch nicht so gut."

Elena nickte. „Jetzt weiß sie zumindest, warum. Ihr früherer Chef hat wohl nicht unbedingt die Werbetrommel für sie gerührt."

„Das war ja auch nicht anzunehmen. Was genau hat er gesagt oder getan?"

„Um ehrlich zu sein, habe ich mir das nicht gemerkt, Kerstin hat es mir zwischen zwei Patienten erzählt, aber er hat es wohl ziemlich geschickt gemacht."

„Davon war auszugehen", sagte Helmut. „Um ehrlich zu sein, habe ich den Kollegen noch nie besonders gemocht. Meinst du, sie könnte ein paar Vertretungen für mich übernehmen?"

„Ich denke schon, aber frag sie bitte selbst. Wenn ich das mache, stehen deine Chancen denkbar schlecht."

Kerstin

Alles eine Frage der Effizienz

Kerstin saß am Empfang und fand, ihr lieber Klaus hatte wieder einmal maßlos übertrieben. So schwer war es auch wieder nicht, die Patientendatei aufzurufen, eine E-Card einzulesen und nachzufragen, ob sich an den Daten etwas geändert hätte.

Man durfte sich nur nicht vom Gequatsche der Patienten ablenken lassen. Auch das fand Kerstin nicht weiter schwierig, die meisten redeten ohnehin am liebsten über das Wetter. Dabei gab es kaum etwas Sinnloseres, das Wetter blieb davon vollkommen unbeeindruckt.

Eben sagte ein alter Herr: „Es ist so was von kalt draußen."

Ja, klar. Es war Winter.

Sprechanlage, Klaus: „Kannst du bitte für Frau Mayer einen Termin im März eintragen?"

Natürlich konnte sie das.

Telefon von außerhalb. Ein Patient benötigte einen Termin, dringend. Mal sehen, was sich da noch machen ließ. „Ich könnte Sie morgen um 13 Uhr einschieben."

„Ich soll morgen wieder kommen?", fragte der alte Herr von vorhin entsetzt. Was wollte der denn noch hier? Der war doch längst im System eingetragen.

„Sie nehmen jetzt Platz", sagte Kerstin streng und wies auf einen der bereitstehenden Sessel, dann wandte sie sich wieder an den Telefonkandidaten: „Und Sie kommen bitte morgen um 13 Uhr. ...

Was heißt, das ist ungünstig? ... Ich dachte, es sei wichtig?"

Der Mann am Telefon meinte, er sei zwar krank, müsse aber dennoch arbeiten.

„Wenn Sie krank sind, können Sie nicht arbeiten", entschied Kerstin. „Wollen Sie jetzt den 13-Uhr-Termin oder nicht?"

Der Mann sagte zu. Na bitte, geht doch.

*

Kerstin und Klaus hatten sich angewöhnt, nachdem der letzte Patient gegangen war, noch einen Kaffee zu trinken, bevor Klaus nach Hause eilte und Kerstin noch einmal ins Büro fuhr.

„Wie war's?", fragte Klaus, während er sich an der Kaffeemaschine zu schaffen machte.

„Alles ganz easy."

„Ich habe schon gehört, du bist ... sehr ... effizient."

Kerstin lächelte geschmeichelt und nahm den Cappuccino dankbar entgegen. „Wäre ja auch gelacht, wenn ich das nicht zuwege brächte. Ich versteh gar nicht, was eure Frau Dingsda mit den Terminvereinbarungen immer für ein Theater macht. Man muss da nur klare Ansagen machen. Also, wenn du willst, rede ich einmal mit ihr."

„Danke, das ist sehr lieb von dir, aber ich glaube, davon sollten wir absehen. Weißt du, ich bin mit Frau Müller recht zufrieden, auch wenn sie – möglicherweise – nicht ganz so effizient arbeitet, ist sie doch bei den Patienten recht beliebt."

„Ich etwa nicht?"

Klaus zuckte lächelnd die Schulter. „Dafür sollst du beim Doktor ziemlich beliebt sein." Er sah sie an und zeichnete ein Herz in seine Crema.

Kitschig – aber irgendwie süß.

*

Am darauffolgenden Wochenende traf Kerstin Klaus erst am Samstagmittag. Adriane war am Freitagabend spät aus Klagenfurt gekommen, und Kerstin hatte am Samstagvormittag noch im Büro zu tun.

Als sie endlich in Klaus' Wohnung bei einem kleinen Mittagsimbiss saßen, fragte Kerstin: „Weißt du, dass Elena eine Patientin bei sich zu Hause unterbringen und therapieren will?"

Klaus nickte kauend.

„Und wie findest du das?"

„Ich finde das großartig. Die Dame kommt aus Budapest und muss sicher einige Wochen bleiben. Im Hotel wäre das ziemlich teuer."

„Also ich finde das etwas übertrieben. Sicher gibt es auch günstige Pensionen."

„Möglich, aber so kann Elena ihre Karenzzeit überwachen und die Behandlung notfalls wiederholen, noch bevor wertvolle Zeit verloren geht. Ich finde das super, denn es ist genau das Konzept meiner Reha-Klinik."

„Ich dachte, du hättest diese Idee längst aufgegeben."

„Aufgeschoben, ja, aber warum sollte ich sie aufgeben?"

„Dein Schwiegervater will es nicht mehr finanzieren, schon vergessen?", antwortete Kerstin nebenher, doch plötzlich durchzuckte sie ein Verdacht, und sie setzte hinzu: „Oder hat sich seit eurem letzten Besuch etwas geändert?" Das hatte selbst in ihren Ohren spitz geklungen.

Klaus schien es auch so gehört zu haben, denn er legte erst seine Hand auf die ihre, ehe er lächelnd antwortete: „Mein Ex-Schwiegervater ist zum Glück nicht der einzige Mensch auf der Welt, der ein bisschen Kapital übrig hat."

Kerstin versuchte, sich ihre Erleichterung nicht anmerken zu lassen, und sagte in geschäftsmäßigem Ton: „Aber Elena hat doch alles Geld in das Haus in der Nelkengasse investiert."

„Hast du schon etwas von Schwarmfinanzierung gehört?"

„Crowdfunding. Ja, sicher. Das ist eine moderne Art der stillen Beteiligung."

„Genau, und es funktioniert mit relativ kleinen Beträgen. Sobald ich wieder ein wenig Luft habe, möchte ich mich näher mit der Sache beschäftigen. Vielleicht gibt es interessierte Kollegen."

Kerstin hatte da ihre Zweifel, aber Klaus klang so beschwingt und voller Zuversicht, dass sie ausnahmsweise den Mund hielt.

*

Weit weniger diplomatisch verhielt sich Kerstin, als sie am Sonntagvormittag Klaus' Wohnung in Richtung Stadtwald verließen und im Stiegenhaus auf Elena und Ossi trafen, die offenbar bester Laune waren und ihnen fröhlich zuwinkten.

Kerstin hingegen war sauer, weil Adriane bereits am Nachmittag wieder nach Klagenfurt fahren würde und nicht, wie ausgemacht, erst Montagfrüh.

„Wenn das erst einmal einreißt, wird sie das immer machen", hatte Kerstin zu bedenken gegeben. Klaus sah das wieder einmal lockerer. „Es handelt sich ohnehin nur noch um zwei Wochen. Sobald die Spielzeit beginnt, wird angeblich alles anders."

Das ‚angeblich' machte Kerstin aber erst recht nicht froh. Denn dann würde Adriane, nach Möglichkeit, wie sie nun sagte, zwar Montag bis Donnerstag öfter bei den Kindern sein, aber von Donnerstag bis Sonntag war Klaus auf jeden Fall an der Reihe, was hieß, dass sie sich bis Ende Juni nur noch an Wochentagen oder eben mit den Kindern sehen konnten. Anfangs hatte Kerstin das nicht so schlimm gefunden, aber Roland lehnte sie total ab – dabei hatte sie ihm doch gar nichts getan! - und Biene war auch nicht immer ganz einfach.

Wie dem auch sei. Jetzt mussten sie erst mal Elena und Ossi loswerden.

„Wir haben gestern ein Kleinod entdeckt, das müsst ihr euch ansehen", rief Ossi.

„Jetzt?", fragte Kerstin ohne Begeisterung. „Wir wollten eigentlich in den Stadtwald."

„Dauert doch nicht lange", meinte Elena und auch Klaus sagte freundlich: „Ach komm Schatz, ist doch egal, wie lange wir im Stadtwald herumspazieren. Hauptsache, wir bekommen noch ein wenig Frischluft ab", und ging mit Elena voraus.

Es blieb Kerstin also nichts anderes übrig, als den beiden mit Ossi zu folgen. Demgemäß übellaunig fragte sie: „Wieso bist du überhaupt hier?"

„Ich war gestern mit Elena in der Oper."

Sie warf ihm einen erstaunten Blick zu. „Ich dachte, du hasst Opern."

„Ganz unrecht hast du da nicht, aber Elena hatte Karten, und Henriette, die sonst immer mit ihr geht, hat die Grippe erwischt."

„Warum ist sie nicht mit Helmut gegangen? Der liebt Opern, soviel ich weiß." Kerstin wusste natürlich, dass ihr Vater auf Doktor Burger nicht so gut zu sprechen war. Doch Ossi antwortete nur gut gelaunt: „Der liegt leider auch mit Grippe im Bett", um dann zwinkernd hinzuzufügen: „So ein Unglück aber auch."

„Und du bist extra aus dem Waldgau gekommen, um mit Elena in die Oper zu gehen?"

„Nicht ganz, ich wollte ohnehin dieser Tage kommen, weil ich mir doch die Wohnung ansehen muss, in die ich vorübergehend einziehen könnte, während Maren mein Haus verkauft und eine neue Bleibe für mich sucht."

„Und? Wie sieht sie aus?"

„Na ja. Als Möbellager ist sie perfekt und mit ein paar kleinen Änderungen wird es schon für kurze Zeit gehen."

In der Zwischenzeit waren sie im Hof angelangt und Ossi zeigte auf das leer stehende Hofgebäude. „Was sagt ihr dazu?"

Kerstin und Klaus sahen einander nur fragend an und sagten vorerst gar nichts.

Elena hatte in der Zwischenzeit die Tür aufgeschlossen und ließ sie eintreten. Es roch nach Farbe.

„Willst du dir hier ein Atelier einrichten?", fragte Kerstin.

„Mehr noch, wenn die Investitionskosten nicht zu hoch sind, könnte ich mir mit dem Verkaufserlös aus dem Haus hier Atelier *und* Wohnung einrichten."

Während Kerstin noch ungläubig durch die Räume im Erdgeschoss ging, die offenbar schon vorher als Atelier genutzt worden waren – davon zeugten nicht nur der Geruch, sondern auch zahlreiche Farbflecken –, hörte sie Klaus aus dem Obergeschoss rufen: „Hier gibt es sogar ein richtiges Bad, samt Toilette."

Kerstin verdrehte die Augen, folgte den anderen aber in den ersten Stock.

„Also, ich kann mir das total gut vorstellen", schwärmte Klaus. Hatte der seltsame Geruch ihm das Hirn vernebelt? Kerstin warf ihm einen finsteren Blick zu und schüttelte kaum merklich den Kopf, doch Klaus schien das nicht zu bemerken und fuhr weiter fort: „Ich bin zwar kein Fachmann, aber ich kann mir nicht vorstellen, dass die Sanierung allzu teuer wird. Es sieht von außen zwar etwas verwunschen aus, aber hier drinnen ist es doch ganz gut in Schuss."

„Das sagt Maren auch", warf Elena ein.

Maren also auch noch? Ja, waren die denn jetzt alle meschugge?

„Außerdem", fuhr Klaus fort, „Wohnung und Arbeitsstätte an einem Ort zu haben, das ist doch geradezu der Inbegriff der Effizienz. Findest du nicht, Schatz?"

Klar, das fand Kerstin auch, aber das hieß doch noch lang nicht, dass sie sich über den möglichen Zuzug freuen musste – und außerdem wollte sie jetzt endlich in den Stadtwald.

Elena

Elena und Ilona

Marens Geburtstag wurde diesmal in einem Restaurant gefeiert, und anders als in den Vorjahren saßen nicht nur Elena und Marens Eltern mit am Tisch, sondern auch Kerstin, Klaus und die Mosers. Nur Yvonne fehlte. Sie hatte die Geburtstagsparty einer Freundin dem „Oldietreff" vorgezogen, denn dort sei es bestimmt total keksi. Keksi schien das neue Wort für super zu sein.

Eigentlich eine Frechheit, dachte Elena, aber mit vierzehn musste man vermutlich so sein, und Maren hatte auch nur gesagt: „Auch gut, brauch ich mich an meinem Geburtstag wenigstens nicht zu ärgern." Die beiden hatten es im Moment nicht ganz einfach miteinander.

„Wir müssen junge Leute in die Politik holen", hörte sie Axel eben voller Inbrunst sagen. Elena hatte dem Gespräch nur mit halbem Ohr gelauscht; sie fühlte sich müde, weil sie in den letzten Wochen viel gearbeitet hatte, und deprimiert, weil Helmut nicht hatte mitkommen wollen. Doch jetzt sah sie interessiert zu Axel. Der Bub war wirklich für die Politik geboren. Noch nie in seinem Leben hatte er sich so ausdauernd für eine Sache engagiert. Jede andere Tätigkeit, zu der sie ihn mehr oder weniger gezwungen hatten, schien ihr plötzlich eine Verschwendung seiner Talente. Schon komisch.

„Ihr habt bei den Gemeinderatswahlen zugegebenermaßen ein respektables Ergebnis erzielt. Aber wollt ihr
tatsächlich für den Bundestag kandidieren?", fragte sein
Schwiegervater. Elena wusste, dass die beiden sich nie
besonders gut verstanden hatten, und die Ökologische Mitte
war mit Sicherheit nicht die Partei, die er wählen würde.
Dennoch glaubte sie, so etwas wie Bewunderung aus seinen
Worten zu hören.

Axel nickte und nahm einen Schluck aus seinem Bierglas,
während Pia Moser hinzufügte: „Wir haben nichts zu
verlieren, wir können nur gewinnen."

„Aber wenn ihr es nicht in den Bundestag schafft, seid ihr
doch weg vom Fenster", warf Kerstin ein.

„Schon, aber das sind wir auch, wenn wir gar nicht erst
antreten. Du weißt ja: Wer kämpft, kann verlieren, wer
nicht kämpft, hat schon verloren."

„Sehr weise", sagte der Konsul und tätschelte Pias Hand,
die sie ihm rasch entzog.

„Leider nicht von mir, von Brecht."

„An dem Spruch ist was dran", überlegte Elena. Doch vor
ihrem geistigen Auge erschien weder ein Politiker noch ein
Kampfhahn, sondern Helmut Burger.

Elena war sicher, dass er sie mochte, und sie war fast
ebenso sicher, dass es derzeit keine andere Frau in seinem
Leben gab. Was um alles in der Welt brachte ihn dann dazu,
sich Elena immer, wenn sie meinte, jetzt seien sie einander
endlich ganz nah, zu entziehen? Ob er immer noch um seine
verstorbene Frau trauerte? Aber die war bereits fünf Jahre
tot. Natürlich hatte er sie geliebt, aber das Leben ging doch
weiter. Sollte sie weiter um ihn kämpfen? Bisher waren
nahezu alle Aktivitäten auf ihre Initiative hin entstanden.
Vielleicht hieß kämpfen in diesem speziellen Fall, dass sie

sich ein wenig zurückzog? Ihre ungarische Patientin, die in den nächsten Tagen anreisen würde, wäre dafür schon mal ein guter Grund.

*

Die Grippewelle war endlich abgeflaut und Elena konnte ihre Einsätze in der Praxis wieder auf das Normalmaß reduzieren. Auch Kerstin hatte ihre Aushilfstätigkeiten zum Glück wieder eingestellt.

Dennoch hatte Elena reichlich zu tun, denn vor wenigen Tagen war Ilona, die Patientin aus Budapest, bei ihr eingezogen. Ilona litt seit ihrer Scheidung an zahlreichen Lebensmittel-Unverträglichkeiten, die bei ihr Übelkeit, Durchfall und Erbrechen verursachten, das machte sie müde und leicht depressiv. Elena tat ihr Bestes, um in den vorgesehenen vier Wochen wenigstens die wichtigsten Unverträglichkeiten zu löschen.

Ilona war Ende vierzig, ihre Tochter war bereits verheiratet, der Sohn studierte zurzeit in Berlin. Sie sprach gut Deutsch, schlief viel, und wenn sie nicht schlief, las sie oder hörte leise Musik. Einen angenehmeren Hausgast hätte Elena sich kaum wünschen können. Dennoch war es ungewohnt, nicht allein im Haus zu sein. Kein Frühstück im Morgenmantel, kein Zeitunglesen am Frühstückstisch. Nicht, dass es Ilona gestört hätte, wahrscheinlich hätte sie es gar nicht wahrgenommen, aber so war Elena nun mal. Außerdem versuchte sie, ihre Mahlzeiten nach Ilonas jeweiliger Diät einzurichten, denn im Anschluss an jede Behandlung war innerhalb einer Karenzzeit von 25 Stunden jeglicher Kontakt mit dem behandelten Lebensmittel verboten. Das war, je nach behandeltem Stoff, manchmal ganz einfach, manchmal mühsam.

Anfangs war Ilona ziemlich wortkarg, sie antwortete zwar höflich, sprach mitunter über das Wetter, aber dann zog sie sich wieder in ihr Zimmer zurück.

So hatte Elena sich das nicht vorgestellt. Nicht nur, dass sie sich über einen abendlichen Gesprächspartner gefreut hätte, hatte sie das sichere Gefühl, dass es Ilonas Therapieerfolge unterstützen könnte, würde sie ihre Probleme endlich einmal aussprechen. Und dass sie Probleme hatte, daran war nicht zu zweifeln. Eines Nachmittags, Ilona war bereits seit einer Woche da und sie hatten die Behandlung der Ei-Unverträglichkeit endlich abgeschlossen, verkündete Elena: „Wochenende. Für heute lassen wir es gut sein. Mit der Behandlung der Milchprodukte beginnen wir erst morgen am Abend."

Ilonas Blick war fast erschrocken. „Aber, ich haben noch viele Allergien", sagte sie mit ihrem Akzent, der Elena immer ein wenig an Marika Rökk erinnerte.

Elena nickte. „Ob es Allergien oder Unverträglichkeiten sind, lassen wir einmal dahingestellt, das ist für unsere Therapie auch nicht wichtig. Wichtiger ist, dass sich Ihr Körper ein wenig erholt. Die Therapie scheint simpel, aber sie ist doch auch anstrengend, deswegen schlafen Sie auch so viel."

„Ist das nicht gut?"

„Doch, schon, aber ein wenig Abwechslung wird Ihnen auch guttun. Heute machen wir uns einen gemütlichen Abend, trinken ein Glas Wein, und morgen machen wir einen Ausflug in den Stadtwald. Wenn wir nach Hause kommen, beginnen wir dann mit der Behandlung einiger Milchprodukte."

„Wenn Sie meinen, dass Pause aus medizinischer Sicht notwendig ist", sagte Ilona zögerlich. Ihre Skepsis war deutlich hörbar.

Elena blieb dabei.

*

Die von Elena angestrebte Pause war medizinisch zwar nicht zu begründen, aber mit Logik kam man bei dieser Methode sowieso nicht weiter, fand Elena.

Interessanterweise vertrug Ilona außer Fisch und Reis vor allem exotische Lebensmittel und Gewürze. Elena machte daher ein Gemüsecurry mit gebratenem Lachs und Basmatireis, dazu servierte sie einen leichten, trockenen Weißwein.

Erst hatte Ilona gemeint, sie vertrage keinen Alkohol, dann hatte sie doch einen kleinen Schluck getrunken, und nun saßen die beiden vor dem offenen Kamin und waren bereits beim zweiten Glas angelangt.

Der Wein schien Ilona zu entspannen, denn erstmals erzählte sie ein wenig von sich. Sie verriet dabei keine großen Geheimnisse, dennoch hörte Elena aufmerksam zu. Beispielsweise als sie erwähnte, dass sie früher weder Fisch noch Reis besonders gemocht und daher auch selten gegessen hatte.

Elena schloss daraus, dass ihr besonders jene Lebensmittel Probleme machten, die sie auch während der Zeit ihrer Eheprobleme und der Scheidung häufig zu sich genommen hatte.

Interessant! Das musste sie Klaus erzählen.

Dann sprach Elena von sich, von ihrem Beruf, ihren Kindern - und ihrer Scheidung.

Am nächsten Tag war prachtvolles Winterwetter, ein klarer, blauer Himmel, die Luft war zwar noch kalt, aber da es windstill war und die Sonne schien, war das nicht weiter schlimm.

Elena stattete ihre Patientin, die auf derartige Aktivitäten nicht vorbereitet war, mit Mütze und Handschuhen aus, dann konnte es losgehen.

Eine Zeit lang gingen sie schweigend nebeneinander her, dann, ganz ohne Vorwarnung, begann Ilona zu reden. Von ihrer behüteten Kindheit, die sie überwiegend in Wien verbracht hatte, weil ihr Vater im diplomatischen Dienst gewesen war, von ihrem abgebrochenen Germanistikstudium, dem gut aussehenden Kommilitonen, in den sie sich verliebt hatte und den ersten Jahren ihrer Ehe, die offenbar recht glücklich gewesen waren.

Unterwegs kehrten sie ein, tranken heißen Tee und Elena bot Ilona das „Du" an.

Auf dem Heimweg fragte Ilona: „Habe ich das gestern richtig verstanden? Du bist mit deinem geschiedenen Mann wieder in Kontakt?"

„Schon seit Jahren. Wir hatten ja auch gute Zeiten miteinander, und wir haben gemeinsame Kinder. Wenn die auch längst erwachsen sind."

„Ich kann mir nicht vorstellen, mit meinem Mann je wieder ein Wort zu wechseln."

„Was hat er denn getan?"

„Er hatte jahrelang ein Verhältnis mit seiner Sekretärin, im vorigen Sommer hat er sie geheiratet."

„Hast du nie etwas bemerkt?"

Ilona zuckte die Schultern. „Ich hatte viel zu tun. Erst Kinder, dann ist gestorben mein Vater, da habe ich geholt meine Mutter nach Ungarn. Dann sie bekam Alzheimer. Ich habe sie lange gepflegt. Jetzt ist sie in ein – wie sagt man – Pflegeheim? Sie erkennt mich nicht mehr."

„Vielleicht ist dein Mann bei alldem zu kurz gekommen?"

„Aber habe ich auf eigenen Beruf verzichtet und immer nur getan meine Pflicht!" Wenn sie aufgeregt war, kam ihr Akzent noch deutlicher durch.

Elena nickte. Sie hatte ebenfalls immer ihre Pflicht getan – vor allem in der Praxis. Bestimmt waren Ossi und die Kinder da manchmal zu kurz gekommen.

Nach einer Weile sagte sie: „Wer weiß schon, was genau unsere ‚Pflicht' ist. Meist tun wir doch einfach nur das, was wir am besten können. Das ist für den einen der Beruf, für den anderen die Familie."

Ilona schien von dieser Antwort etwas verstimmt. Aber Elena fand, wie schon vor ihr Ingeborg Bachmann, dass die Wahrheit dem Menschen zumutbar war.

Elena

Erinnerungen

Zwei Tage später kam Ossi.

Es war ein Erlebnis zu sehen, wie Ilona in seiner Gegenwart aufblühte. Wenn er sich nicht gerade mit Handwerkern in der Nelkengasse traf, machte er mit Ilona weite Spaziergänge, die ihr sichtlich guttaten. „Schau an", dachte Elena lächelnd.

Heute gönnte sie sich endlich wieder einen freien Abend mit Helmut, der in der Zwischenzeit mehrmals per SMS nachgefragt hatte, wie es ihr – mit dem Hausgast und überhaupt – denn so ginge.

Als sie Ossi darüber informierte, dass er am nächsten Abend mit Ilona allein und für das Abendessen verantwortlich sein würde, schien er wenig begeistert.

„Ich dachte, du magst sie", meinte Elena mit einem maliziösen Lächeln.

„Ich wollte einfach nur nett sein, es schien ihr nicht besonders gut zu gehen."

„Da hast du recht, aber seit du hier bist, geht es ihr doch schon deutlich besser."

„Also, ich finde Ilona ganz apart, aber verglichen mit dir? Ich meine, du siehst nicht nur gut aus, du bist klug, warmherzig, humorvoll ..."

Elena winkte ab. „Schon gut, brich dir keinen Zacken ab.“

„Ich sage nur, was ich fühle.“

Elena fand, es war an der Zeit, einiges klar zu stellen. „Mein lieber Ossi. Die Zeit mit uns, die war einmal. Wenn du auch dein zukünftiges Leben in meinem Haus verbringen wirst, heißt das nur, dass wir uns öfter sehen werden – als Freunde. Nicht mehr, nicht weniger.“

Ossi nickte ohne Begeisterung.

„Ist das klar?“, fragte sie eindringlich.

„Was davon sollte ich nicht verstanden haben?“

„Gut. Übrigens habe ich mit Kerstin darüber gesprochen, wie wir deine Investitionen rechtlich absichern können.“

„Lass mich raten. Sie meint, am besten gar nicht.“

„Da täuschst du dich, dazu ist sie viel zu sehr Juristin. Sie hat zwei Möglichkeiten aufgezeigt.“ Elena begann ihren Schreibtisch zu durchwühlen.

„Ah, da ist es ja.“ Sie überreichte ihm ein Blatt. Ossi überflog es, dann fragte er: „Hast du den Unterschied verstanden?“

„Nicht ganz. Besuchst du Kerstin manchmal, wenn du im Haus bist?“

„Einmal habe ich bei ihr geläutet. War ziemlich ungünstig, sie hatte gerade einen Klienten bei sich.“

„Dann hast du ja jetzt einen Grund, noch einmal bei ihr zu klingeln. Ich lasse es mir heute Abend von Helmut erklären.“

Ossi grummelte etwas Unverständliches. Elena fragte nicht weiter nach, sie hatte nicht vor, sich ihre gute Laune verderben zu lassen.

*

Kaum war Ossi wieder in den Waldgau gefahren, kehrten Ilonas depressive Verstimmungen zurück.

„Dein Exmann ist wirklich sehr ... charmant", sagte sie am Abend nach seiner Abreise.

„Oh ja", meinte Elena lachend. „Er war und ist ein charmanter Luftikus." Als sie sah, dass Ilonas Augen sich verdunkelten, setzte sie begütigend hinzu: „Aber er hat ein gutes Herz."

„Er hat mich erinnert an Janosch, mein Exmann, als er noch war ein Student."

„Wie war dein Janosch? Erzähl mir von ihm."

Als sie Ilonas finsteren Blick sah, setzte sie hinzu: „Ich meine, wie war er, bevor er mit der Sekretärin angebandelt hat?"

„Angebandelt?"

Elena suchte nach einem passenden Begriff.

„Du meinst, bevor er verführt hat seine Sekretärin?", half Ilona aus.

„Vielleicht hat ja sie ihn verführt."

„Möglich, war sie Schlange, immer schon."

„Vielleicht liebt sie ihn ja", gab Elena zu bedenken.

„Egal. Das machen kein Unterschied für mich", erwiderte Ilona abweisend. Aber Elena ließ nicht locker. „Also, wie war er?"

Ilona schien darüber nachzudenken. „Er war immer sehr ehrgeizig, aber auch lustig. Sagt man lustig?"

„Ich weiß nicht, vielleicht meinst du amüsant?"

„Ja, amüsant. Damals haben wir gelacht sehr viel."

„Und später?"

„Haben wir gelacht weniger - und dann gar nix mehr."

„Hast du denn nie versucht, ihn zurückzugewinnen?"

Ilona schüttelte entschieden den Kopf. „Bin ich Waschlappen? Hast du doch auch nicht."

Elena lächelte. „Das kann man so nicht sagen. Ich habe ihn ja nicht beim ersten Fehltritt verlassen."

„Nicht? Wie oft hat er betrogen dich?"

„Ich weiß nicht, ich habe nicht mitgezählt, aber irgendwann war es eben einmal zu viel."

„Das ... das ist ja unerhört! Das hätte ich nie zugetraut Ossi!" Es klang, als hätte er gerade Ilona betrogen.

Elena musste lachen. „Ach, Ilona. In der Zwischenzeit habe ich eingesehen, es ist ein Teil seines Wesens."

„Aber so etwas man kann nicht verzeihen!"

„Doch, Ilona, man muss es sogar. Man muss es auch für sich selbst."

*

Einige Tage und etliche Diskussionen später vertrug Ilona Eier, Gluten und einige Milchprodukte - es ging ihr deutlich besser.

Gemeinsam erstellten sie einen Speiseplan und vereinbarten, dass Ilona im Herbst wiederkommen sollte.

Als Elena ihr am Bahnhof nachwinkte, hatte sie das Gefühl, eine Freundin verabschiedet zu haben, und als sie nach Hause kam, wirkte das Haus wieder still und leer. Nur gut, dass sie ab morgen wieder einen vollen Terminkalender hatte.

In den nächsten Tagen trudelten auch die ersten Kostenvoranschläge für den geplanten Ausbau des Hoftraktes ein. Ossi schrieb:

„Sieht aus, als würde es teurer werden als gedacht. Vielleicht muss ich meinen Traum ja begraben."

Das sah ihm wieder ähnlich, dachte Elena. Immer gleich die Flinte ins Korn werfen. Sie schrieb zurück:

„Abwarten, Tee trinken"

und mailte die Kostenvoranschläge an Maren.

*

In den Wochen mit Ilona war Elena nur selten in der Praxis gewesen. Erst jetzt fand sie Zeit, mit Klaus über ihre Erfahrungen zu diskutieren. Immerhin war es die erste Patientin, die sie über Wochen behandelt hatte. Üblicherweise kamen die Patienten nur einmal pro Woche.

Klaus hatte aufmerksam zugehört, dann fragte er: „Du meinst also, es würde Sinn machen, die Patienten ähnlich einer Kur, sagen wir, über zwei bis vier Wochen, zu betreuen?"

„Unbedingt. Vor allem in schwierigen Fällen. Oder eben, wenn Patienten in ihrer unmittelbaren Umgebung keinen Therapeuten finden."

Klaus schien mit dieser Auskunft sehr zufrieden. „Darauf habe ich noch gewartet. Dann starte ich morgen das Projekt ,Reha-Klinik'."

„Und wie genau willst du das machen?"

„Mir schwebt ein Crowdfunding-Projekt vor, das ist so eine Art stiller Beteiligung. Aber zuerst muss ich, gemeinsam mit Kerstin, ein Gespräch mit meinem Steuerberater führen, dann sehen wir weiter."

Elena zwinkert ihm zu: „Also still würde ich mich auch beteiligen. Allerdings sehr still, wenn du verstehst, was ich meine."

„Darüber reden wir noch", meinte Klaus lachend und verließ im Eilschritt die Praxis. Es war Donnerstagabend – seine „Kindertage" hatten begonnen.

Maren

Das Leben ist kein Wunschkonzert

Früher hatte sich Maren oft gewünscht, Axel würde sich mehr um seinen Job kümmern. Seit er die Ökologische Mitte gegründet hatte, wünschte sie, er würde sich mehr um die Familie kümmern. „Offenbar kann man es mir nicht recht machen", dachte Maren mit einer gewissen Selbstironie. Es war bereits acht Uhr abends, Axel hatte sie soeben wissen lassen, dass er nicht vor zehn kommen würde, sie arbeiteten an der Wahlstrategie. Das konnte dauern.

Yvonne schmollte derweilen in ihrem Zimmer. Warum eigentlich? Maren hätte es im Moment nicht sagen können, denn ihre Tochter schmollte neuerdings aus Prinzip. Vielleicht schmollte sie aber auch gar nicht, vielleicht lernte sie, schließlich war morgen Mathe-Schularbeit. Maren klopfte und öffnete gleichzeitig die Tür. Nicht dass sie sich noch ein „Nein, danke" einfing.

Yvonne lag auf ihrem Bett und tippte eifrig auf ihrem Handy herum.

„Alles paletti für morgen?", fragte Maren.

Yvonne warf ihr einen genervten Blick zu. „Was soll morgen sein?"

„Mathe-Schularbeit?"

Yvonne machte eine wegwerfende Handbewegung. „Ach so, das."

„Bist du auch gut vorbereitet?"

Yvonne zuckte mit den Schultern: „Ich weiß gar nicht, ob ich das überhaupt will."

„Was genau meinst du damit?"

„Na, ob ich überhaupt noch zur Schule gehen will."

„Die Frage stellt sich nicht."

„Und wenn es mir keinen Spaß macht?"

„Das Leben ist kein Wunschkonzert. Es muss nicht immer Spaß machen, Hauptsache ist, es macht Sinn", antwortete Maren bestimmt und schloss die Tür. Jetzt nur keine Grundsatzdebatten, die dauerten neuerdings stundenlang und endeten mit einem Eklat. Maren wusste auch so, woher der Wind wehte. Yvonnes Freundin Rosine hatte vor Kurzem die Schule geschmissen. Sie war zwar zwei Jahre älter als Yvonne, aber das änderte nichts daran, dass sie keine abgeschlossene Ausbildung hatte. Angeblich begann sie im Sommer eine Lehre. Bis dahin hatte sie, im Unterschied zu ihren Freundinnen, verdammt viel Zeit. Das konnte noch lustig werden.

Um sich abzulenken, schnappte sich Maren ihr Notebook und öffnete die Datei „Hofgebäude". Sie hatte die einzelnen Kostenvoranschläge in der Zwischenzeit durchgesehen, dort und da Einsparungen vorgeschlagen und die Preise nachverhandelt.

Die Summe der notwendigen Aufwendungen war zwar immer noch etwas höher als erwartet, aber selbst wenn sie einkalkulierte, dass sie für das Haus im Waldgau weniger als erwartet erzielen sollten und die tatsächlichen Kosten die Voranschläge am Ende um etwa zehn Prozent übersteigen würden, sprach nichts gegen das Bauvorhaben. Außer vielleicht, dass Kerstin keine besondere Freude damit hatte.

Da heute Donnerstag war, würde sie vermutlich allein sein. Maren wählte ihre Nummer.

„Prinz."

„Hier auch."

„Hallo Maren. Na, macht mein werter Herr Bruder wieder Überstunden in Sachen Weltverbesserung?"

„Meinst du, ich rufe nur an, wenn Axel nicht daheim ist?"

„So ungefähr. Aber macht nichts, bei mir ist es heute auch sehr still."

„Man gewöhnt sich eben rascher daran, nicht allein zu sein als umgekehrt."

„Da kannst du recht haben. Was macht meine Lieblingsnichte?"

„Ich nehme an, sie chattet. Sagt man eigentlich noch chatten?"

„Keine Ahnung, aber ich kann mich bei Gelegenheit erkundigen."

„Heißt das, dass ihr am Wochenende auf Patchworkfamilie macht?"

„Das wäre der Plan."

„Na großartig. Wir könnten am Sonntagvormittag gemeinsam Eislaufen gehen. Was meinst du?"

„Keine schlechte Idee. Ich werde den Vorschlag unterbreiten. Ob er Zustimmung findet, ist eine andere Frage. Klaus lässt nämlich neuerdings abstimmen."

„Sehr demokratisch."

„Demokratisch vielleicht, aber reichlich ineffizient. Meist dauert die Meinungsfindung länger als der Event. Also ehrlich, ich kann mich nicht erinnern, dass unsere Eltern uns hätten abstimmen lassen. Schon gar nicht, als ich sieben war."

„Apropos Eltern. Ich habe die Kostenvoranschläge für die Sanierung des Hofgebäudes durchgerechnet."

„Was hast du damit zu tun?"

Maren lachte: „Nun ja, ich bin Bautechnikerin, und ich bin die Schwiegertochter des Bauwerbers. Also, aus meiner Sicht wäre dem Unternehmen grünes Licht zu geben. Ich wollte dir das nur gesagt haben, weil ..."

„Lieb von dir. Ich habe mich auch schon mit dem Thema befassen müssen. Schließlich muss mein Vater für seine Investitionen ins Haus entsprechend rechtlich abgesichert werden. Elena besteht darauf."

„Dann bist du also einverstanden?"

„Sagen wir so: Ich wurde nicht gefragt, und ich sehe keine Möglichkeit, die Sache abzuwürgen."

Es entstand eine kurze Pause, ehe Maren sagte: „Darf ich dir eine Frage stellen?"

„Nur zu."

„Warum bist du eigentlich immer noch so sauer auf deinen Vater? Da muss doch mehr vorgefallen sein als nur die Scheidung."

„Du meinst es reicht nicht, dass er uns alle verraten hat?"

„Elena sagt, *sie* wollte die Scheidung."

„Klar wollte sie die Scheidung, nachdem er sie jahrelang betrogen hat. Und was hat er gemacht? Hat er etwa um seine Familie gekämpft? Er hat seine Sachen gepackt und weg war er."

„Sonst war da nichts?"

„Was denn sonst noch?"

„Also ehrlich, wenn sonst nichts vorgefallen ist, dann verhältst du dich wirklich wie die Prinzessin auf der Erbse."

Es entstand eine kurze Pause, ehe Kerstin fragte: „Woran denkst du? Etwa an Missbrauch? Also weißt du, das ist ja starker Tobak."

„Entschuldige, Kerstin, ich wollte dich nicht kränken und auch deinem Vater nichts unterstellen. Im Grunde konnte ich es mir auch nicht vorstellen, aber nur so hätte deine Unversöhnlichkeit für mich Sinn gemacht."

„Da kann ich dich ganz beruhigen. Wenn du es so siehst, dann muss ich die Prinzessin samt der Erbse wohl schlucken."

„Gehst du trotzdem am Sonntag mit uns zum Eislaufen?", fragte Maren kleinlaut.

„Hältst du mich jetzt auch noch für eine Zicke?"

„Niemals!", lachte Maren.

„Dann ist's ja gut."

*

Üblicherweise ließ Maren Axel nach einem langen Tag erst mal ein Bier trinken und von seinen Erlebnissen berichten, doch an diesem Abend gewährte sie ihm keine Schonfrist.

Kaum hatte er sich niedergesetzt, erzählte sie ihm von ihrem Telefonat mit Kerstin.

„Und?", fragte er gelangweilt. „Ist sie jetzt beleidigt?"

„Sie hat zwar getan, als wäre sie es nicht. Aber ich bin mir nicht ganz sicher. Hoffentlich habe ich da nichts angestellt. Ich meine, bei Licht besehen ist schon die Vermutung eine Frechheit."

„Es war deine Einschätzung aufgrund ihres Verhaltens. Vielleicht begreift sie jetzt endlich, wie dämlich sie sich aufführt."

„Du meinst also nicht, dass ich übers Ziel hinausgeschossen bin?"

„Sagtest du nicht neulich, ihr seid Freundinnen? Normalerweise müsste unter Freunden so ein Gespräch doch möglich sein. Aber bei meiner Schwester weiß man ja nie."

Diese Einschätzung machte Marens Herz auch nicht gerade leichter. Um abzulenken, fragte sie: „Und wie war dein Tag?"

„Auch nicht so berauschend. Erinnerst du dich noch an Gerhard Heiner?"

„Euer neuer Finanzreferent, mit dem wir dieses wunderbare Theaterstück gesehen haben?"

„Genau der. Er hat uns heute einen Kommunikationstrainer vorgestellt. Der soll ein Seminar abhalten."

„Was ist schlecht daran?"

„Der Inhalt. Es geht um gezielte Provokation, Polemik und Killerphrasen."

Maren überlegte: „Klingt nicht sehr sympathisch. Aber vielleicht ist es gut, sich mit der Thematik auseinanderzusetzen. Ist unsere heutige Stadtregierung nicht genau mit diesen Methoden an die Macht gekommen?"

Axel stierte verdrießlich ins Leere und murmelte in sein Bierglas: „Hat Pia auch gesagt." Dann trank er seinen letzten Schluck und stellte das Glas heftig auf den Tisch. „Aber das ist doch verrückt! Wir sind angetreten, um mehr Ehrlichkeit in die Politik zu bringen."

„Das sollt ihr ja auch. Aber dazu müsst ihr erst einmal gewählt werden."

Axel

Provokation

Mit dem Frühling zog auch Ossi in die Stadt.

Hätte Elena nicht für kommenden Sonntag zu einem Begrüßungsbrunch eingeladen, Axel hätte es kaum mitbekommen. Am Morgen verließ er das Haus meist schon kurz nach sieben – also mitten in der Nacht, wie er stets betonte –, und wenn er vor den zweiten Abendnachrichten nach Hause kam, war das zwar ein langer, aber noch kein sehr langer Tag. An sehr langen Tagen wurde es auch Mitternacht.

Er sagte sich zwar, dass dieses Arbeitspensum den Bundestagswahlen geschuldet sei, aber so hatte er sich das nicht vorgestellt. Da die Wahlen erst Ende Oktober stattfinden würden, war es ihm auch kein rechter Trost, denn er war alles andere als ein Morgenmensch.

Doch kaum saß er an seinem Schreibtisch, waren diese Gedanken verflogen und er stürzte sich, jeden Tag aufs Neue, in die Arbeit. Es gab so schrecklich viel zu tun, und er wollte das Richtige tun.

Wie schwierig das war, erlebte er täglich, seit sie am Wahlprogramm arbeiteten. Egal, was es war, es gab immer Gewinner und Verlierer.

„Ergo müssen wir Lösungen finden, die mehr Gewinner als Verlierer haben", meinte Pia dann pragmatisch, und er erwiderte regelmäßig: „Aber das ist Populismus!"

Populismus hin oder her. Fakt war, sie brauchten Stimmen.

Ohne Stimmen keine Mandate, ohne Mandate kein Sitz im Bundestag. So einfach war das. So einfach und doch so schwierig.

Heiliger Himmel, warum musste er auch Politik machen? Hätte er sich nicht aufs Kommentieren beschränken können? Also, einfacher wäre das jedenfalls gewesen.

Zu seiner täglichen Routine gehörte auch der Besuch diverser Social-Media-Plattformen. Dabei warf er immer auch einen Blick auf Yvonnes Einträge, enthielt sich aber jeglichen Kommentars. Als Vater wurde man da schnell mal entfreundet.

Trotzdem musste er mit ihr reden. Das Mädel postete scheinbar den lieben langen Tag. Hatte sie in der Schule nichts Besseres zu tun? Außerdem stellte sie immer mehr Bilder ins Netz. Unschuldige Bilder, aber trotzdem. Der Schnappschuss vom Eislaufen hätte nicht sein müssen. Wie sah er denn aus? Wie stand er denn da? Jedenfalls nicht wie ein smarter Jungpolitiker.

*

Am Sonntag also Willkommensbrunch.

Elena hatte wieder einmal alle eingeladen, wirklich *alle*. Axel hatte nichts gegen Klaus, aber seine Kinder waren – anstrengend. Die Kleine war ja ganz herzig, wenn auch verwöhnt, aber dieser Roland war ein Flegel.

Schon komisch, dass Yvonne, seine Prinzessin, sich mit diesem Flegel so gut verstand, dachte Axel, während er beobachtete, wie die beiden sich nach dem Essen – Elena und Ossi hatten wieder einmal so richtig aufgetischt – in sein ehemaliges Arbeitszimmer zurückzogen.

„Was machen die denn da oben?", fragte er Maren leise.

„Musik hören", erwiderte Maren. Und warum grinste sie dabei so komisch? Maren meinte, es sei ein Segen, dass die beiden sich gut verstanden. Offenbar genoss sie die Auszeit, denn Maren hatte neuerdings ständig Zoff mit Yvonne. Typischer Mutter-Tochter-Konflikt, das kannte man, da musste man sich nicht einmischen.

Während er noch überlegte, ob er den Kids einen Besuch abstatten sollte, nahm sein Schwiegervater ihn am Arm und schob ihn in die Ecke beim Kamin.

„Ich habe gehört, Gerhard Heiner hat bei euch angedockt?"

„Du kennst ihn?"

„Allerdings. Er war mal bei uns."

„Meinst du bei uns in der Partei oder bei uns in der Kammer?"

„Beides. Bist du zufrieden mit ihm?"

„Ja, schon. Er macht die Finanzen, davon versteht er eine ganze Menge."

Sein Schwiegervater nickte. „Stimmt, von Finanzen versteht er Einiges. Noch mehr versteht er von innerparteilichen Grabenkämpfen. Das wollte ich dir nur gesagt haben."

Dann machte er auf dem Absatz kehrt und ging zum Esstisch zurück, wo Elena eben das Dessert servierte. Schoko-Hugo stand auf dem Menüplan. Was war das denn?

*

Die Warnung seines Schwiegervaters vor Gerhard Heiner ließ Axel nicht los. Sein Schwiegervater und er mochten nicht die besten Freunde sein, aber wenn er ihn explizit vor jemanden warnte, dann tat er das bestimmt nicht aus Jux und Tollerei.

Er sprach mit Pia darüber, aber die wusste auch nichts Genaues, versprach aber, sich bei ihrem Konsul schlauzumachen.

Jedenfalls fand am kommenden Wochenende das von Heiner initiierte Provokations-Seminar statt. Axel hatte kein gutes Gefühl dabei. Erstens versprach er sich nicht viel vom Thema, zumindest nicht viel Gutes, anderseits hatte Pia schon so Andeutungen gemacht: „Endlich haben wir beide wieder Gelegenheit, ausführlich miteinander zu quatschen", hatte sie gesagt und ihm dabei einen mehr als begehrlichen Blick zugeworfen.

Von wegen „quatschen".

Schon die Anreise erforderte Diplomatie. Maren hatte ihm ihren Wagen angeboten und Pia eine Mitfahrgelegenheit. Er hatte beiden einen Korb gegeben und beschlossen, mit Gerhard Heiner zu fahren. Er wollte den Mann ohnehin besser kennenlernen.

*

Am Freitagabend hatte es nur einen Willkommens-Cocktail und ein gemeinsames Abendessen gegeben. Danach hatte Axel sich mit seinen Vorstandsmitgliedern ins Kaminzimmer zurückgezogen und darauf geachtet, dass die Besprechung nicht allzu früh zu Ende ging. Pia war mit dem

Vortragenden und einigen anderen an die Bar gegangen. Als die Mitglieder des Vorstands endlich aus dem Kaminzimmer kamen, war die Bar leer. Gut so.

Der Samstagvormittag begann überraschend vernünftig.

Man dürfe nicht auf Veränderungen warten, man müsse dafür kämpfen, beschwor sie der Vortragende. „Ja, genau", dachte Axel. „Es fragt sich nur, mit welchen Mitteln."

Dann lernten sie alles über verbale Attacken, Scheinargumente, Konter durch Übertreibung und andere Spielchen. Axel fand das zum Kotzen, der Rest der Mannschaft war anfangs noch gespalten, tendierte im Laufe des Wochenendes aber immer mehr dazu, dem Vortragenden recht zu geben.

„Machen Sie sich zum armen Opfer und ich verspreche Ihnen: Wenn Ihr Gegenüber das Spielchen nicht durchschaut, ist es Ihnen hilflos ausgeliefert."

Einfach ekelhaft.

Obwohl - wenn Axel sich vorstellte, wie er Bürgermeister Lennert gegenübersaß und dieser nicht mehr weiterwusste - *diese* Vorstellung hatte was.

„Schauen Sie dem Volk doch aufs Maul, bevor Sie sich auf einen Standpunkt festlegen", rief der Vortragende voller Emphase und lieferte gleich ein praktisches Beispiel nach: „Sie versprechen, Beamte abzubauen? Ein Drittel aller Studierenden würde am liebsten im Öffentlichen Dienst arbeiten – also sagen Sie gefälligst nicht, dass Sie Beamte abbauen wollen!"

„Eines muss man ihm lassen", dachte Axel. „Gut vorbereitet ist er."

Noch etwas Positives hatte das Seminar. Er hatte sich beim Abendessen am Samstag mit Pia dermaßen in die

Wolle gekriegt, dass die sich beleidigt zurückgezogen hatte. Vermutlich mit dem Vortragenden.

Gut so. Er hatte ohnehin vorgehabt, Maren treu zu bleiben.

Elena

Buchteln und andere Katastrophen

Nachträglich konnte Elena nicht mehr sagen, wie sie sich das Zusammentreffen zwischen Ossi und Helmut vorgestellt hatte – jedenfalls nicht so. Die Erinnerung daran machte sie wütend und traurig zugleich. Dabei fiel es ihr schwer zu sagen, wer von den beiden sich dämlicher benommen hatte.

Ossi hatte den charmanten Verführer gegeben, und Helmut hätte herablassender nicht sein können.

Ursprünglich hatte Elena geplant, die Bekanntschaft der beiden beim Willkommensbrunch zu erneuern, aber da hatte Helmut einen Besuch seiner Tochter vorgeschützt.

Natürlich hätte ihr auffallen können, dass Helmut auf ihre Schilderungen von Ossis Umbauplänen immer sehr zurückhaltend reagiert hatte. Aber Helmut war an sich ein zurückhaltender Mensch, sie hatte dem keine besondere Bedeutung beigemessen – und sie hatte sich einfach gewünscht, dass die beiden sich verstehen würden. Sie mussten ja nicht gleich dicke Freunde werden.

Warum nur war sie auf die dämliche Idee verfallen, nach dem Einkaufsbummel und dem entspannten Mittagessen am Samstagnachmittag ausgerechnet mit Helmut bei Ossi vorbeizuschauen? Das war vollkommen unnötig gewesen.

Vermutlich hätte sie beim Mittagessen das zweite Glas Rotwein nicht mehr trinken sollen.

Schon als Ossi sie mit diesem schalkhaften Funkeln in den Augen begrüßte, hatte sie gewusst, dass es ein Fehler war – aber da war es zu spät.

„Elena, meine Liebe", hatte er geflötet. „Wie schön, dich zu sehen. Wen hast du denn da mitgebracht?"

Idiotische Frage, als ob er Helmut nicht erkannt hätte.

Und Helmut darauf: „Ich kann verstehen, dass Sie sich nicht mehr an mich erinnern wollen. Ich habe Elena bei ihrer Scheidung vertreten, und das nicht schlecht, wenn ich mich richtig erinnere."

„Jetzt, wo Sie es sagen", hatte Ossi geantwortet. „Aber bitte, kommen Sie doch herein. Elenas Freunde sind auch meine Freunde."

So ein Schwachsinn! Was bildete Ossi sich eigentlich ein? Hatte sie ihm nicht schon vor Wochen gesagt, dass sie einfach nur Freunde wären? Allerdings hatte er auch nichts anderes gesagt – es hatte nur anders geklungen.

In der Zwischenzeit waren die Renovierungsarbeiten im Wohngeschoss soweit gediehen, dass Ossi ihnen Kaffee hatte anbieten können.

Der Kaffee war nicht schlecht gewesen, auf den Smalltalk hätte sie gern verzichtet. Die beiden hatten sich aufgeführt wie bei einem Hahnenkampf.

Während Elena voller Inbrunst die Teigreste von der Küchenplatte schrubbte – sie hatte Buchteln gemacht, nachmittags kam Henriette -, überlegte sie, was jetzt zu tun war. Vermutlich war es das Beste, weitere Zusammentreffen der beiden Kampfhähne in der nächsten Zeit zu vermeiden. Aber das war nicht so einfach.

*

„Diese Buchteln sind einfach ein Gedicht. Ich kenne niemanden, der sie flaumiger macht als du", sagte Henriette und spülte genüsslich mit einen Schluck Kaffee nach.

Elena nickte. „Das liegt vermutlich daran, dass außer mir keiner Buchteln für dich macht. Das ist aber auch ein echter Freundschaftsdienst, so eine Sauerei!"

„Dafür lasse ich jeden Braten stehen", lobte Henriette, die in der Küche keine besonderen Talente entfaltete, ohne auf die Sauerei einzugehen.

„Schade eigentlich", meinte Elena. „Braten wäre mir deutlich lieber. Das süße Zeug verklebt einem ja den Magen. Apropos, ich brauche jetzt einen Kräuterschnaps. Du auch?"

„Noch nicht. Ich nehme mir lieber erst noch eine Buchtel. Aber jetzt erzähl. Warum warst du denn vorigen Samstag so sauer?"

Elena seufzte, schenkte sich einen Schnaps ein, trank einen Schluck und erzählte endlich von der unglückseligen Begegnung zwischen Ossi und Helmut. Schon während sie darüber sprach, kam ihr alles nicht mehr so tragisch vor. Dennoch fand Henriette: „Das war aber auch eine extrem dämlich Idee von dir. Wie kannst du einem so feinen, sensiblen Mann wie Helmut eine solche Begegnung überhaupt zumuten?"

„Zugegeben, das war nicht besonders durchdacht. Andererseits ist Ossi ja kein Menschenfresser, und er ist Teil meiner Vergangenheit."

„Wenn du immer noch willst, dass Helmut eines Tages Teil deiner Zukunft wird, solltest du die Vergangenheit wohl besser unter Verschluss halten."

„Möglich. Allerdings gibt es da ein kleines Problem."

Henriette sah sie fragend an.

Elena holte tief Luft. Jetzt oder nie: „Yvonne hat in wenigen Wochen Firmung ..."

„Ich weiß, stell dir vor, sie hat mich sogar eingeladen."

Elena nickte. An der Einladung war sie nicht ganz unschuldig. „Sie hat auch uns eingeladen."

Henriette sah sie durchdringend an. „Mit dir habe ich ja gerechnet, aber wer genau ist ,uns'?"

„Ossi, Helmut und ich."

Henriette schien nachzudenken, dann sagte sie langsam: „Habe ich deswegen eine Einladung bekommen?"

Elena nickte. „Ich hoffe, du bist nicht böse?"

Henriette antwortete mit einer wegwerfenden Handbewegung. „Schon okay, aber welchen der beiden Herren soll ich dir denn jetzt abnehmen?"

Elena zuckte die Schultern, dann sagte sie kokett: „Ossi natürlich."

„Schade", meinte Henriette mit einem Zwinkern. „Du weißt schon, was du da von mir verlangst? Ich meine, Ossi und ich waren in den letzten Jahren nicht gerade die besten Freunde."

„Ich weiß, das lag allerdings nur daran, dass du genauso nachtragend bist wie Kerstin. Ossi mag dich immer noch und er hat erst letztens gesagt, er findet dich sehr unterhaltsam."

„Na gut, dir zuliebe. Dann werde ich ihn eben unterhalten; und beim nächsten Mal füllst du mir die Buchteln mit Brombeermarmelade."

Elena atmete auf und antwortete kichernd: „Wenn du willst, kann ich auch jede anders füllen."

„Gute Idee. Und jetzt hätte ich auch gerne einen Schnaps."

Kerstin

Österliche Freuden

Das Leben an der Seite eines Teilzeitvaters war nicht einfach, fand Kerstin. Umso erstaunter war sie, als Klaus eines Abends sagte: „Adriane hat in der Karwoche spielfrei. Was hältst du davon, wenn wir uns ein paar schöne Tage machen?"

Klang wirklich gut, dennoch antwortete sie mit hörbarer Skepsis: „Das ist doch schon nächste Woche. Wo willst du denn da noch ein einigermaßen passables Quartier auftreiben?"

„Eine ‚einigermaßen passable' Unterkunft würde ich dir niemals zumuten, aber ich kenne da ein gutes Hotel im Salzkammergut, die hätten noch eine nette kleine Suite frei."

„Echt?"

Klaus nickte.

„Dann wollen wir die nette kleine Suite doch nicht leerstehen lassen", meinte Kerstin vergnügt.

Ein paar freie Tage hatten sie sich wirklich verdient, die Zeit seit Jahresbeginn war nicht einfach gewesen. Für Kerstin nicht, für Klaus nicht, vermutlich auch nicht für die Kinder, obwohl sie ja fand, dass die beiden sich wirklich nicht beklagen konnten. Adriane schien ihnen – möglicherweise aus schlechtem Gewissen – jeden Wunsch von den Augen abzulesen. Und Klaus ließ nichts unversucht, um sie in der übrigen Zeit das Fehlen ihrer Mutter vergessen zu lassen.

Manchmal, fand Kerstin, wäre weniger vielleicht mehr gewesen, aber sie versuchte, den Mund zu halten – was ihr nicht immer gelang. Natürlich erforderten besondere Situationen besondere Sensibilität, das verstand sie ja. Bei Bienchen fiel ihr das auch nicht allzu schwer, da hatte sie eher Verständnis dafür, dass Klaus, vielleicht öfter als sonst, ein Auge zudrückte, aber Roland überspannte den Bogen gewaltig und ließ einfach keine Gelegenheit aus, sie und Klaus zu provozieren. Dabei war er in seiner Wortwahl nicht gerade zimperlich. Dass er die Bibliothek als Streberburg bezeichnete, fand sie ja noch einigermaßen witzig, aber musste Klaus sich wirklich als Nullchecker bezeichnen lassen und sie sich als Perlhuhn, das nichts peilte?

Wenn ihr vor einem Jahr jemand gesagt hätte, dass sie in ihrer Freizeit Bücher über Erziehung im Allgemeinen und Pubertierende im Besonderen lesen würde, sie hätte ihn für verrückt erklärt.

„Wir könnten die Kinder am Montag bis Salzburg mitnehmen und sie am Karsamstag wieder übernehmen. Adriane verbringt die Zeit bei ihren Eltern", unterbrach Klaus ihre Überlegungen.

Ach so, deswegen das Salzkammergut. Früher hätte Kerstin diesen „Zufall" zumindest sarkastisch angemerkt. Jetzt dachte sie: „Hauptsache Ferien!"

*

„Wow", entfuhr es Kerstin, als sie durch eine gewundene Pappelallee auf das Haus von Adrianes Eltern zurollten. „Sieht aus wie ein Schloss."

„Das *ist* ein Schloss. Ein ehemaliges Jagdschloss eines Grafen Waldstein. Mehr weiß ich leider auch nicht." Dann fügte Klaus leiser, damit ihn die Kinder im Fond nicht hören konnten, hinzu: „Wenn du dich bei meiner ehemaligen Schwiegermutter einschleimen willst, empfehle ich dir, sie zu fragen."

Kerstin hatte nicht vor, sich irgendwo einzuschleimen, schon gar nicht bei seiner Ex-Schwiegermutter. Im Grunde wäre es ihr am liebsten gewesen, sie hätten die Kinder einfach ausgeladen und sich unverzüglich auf den Weg ins Salzkammergut gemacht. Noch war das Wetter gut, das wollte sie nutzen, denn für den späteren Nachmittag waren Sturm und Regen angesagt.

Aber so ging das nicht, hatte Klaus ihr schon am Vorabend erklärt. „Meine Schwiegereltern sind zwar ziemlich speziell, aber keine Menschenfresser", hatte er abschließend gemeint.

Kerstin fand diese Aussage etwas überheblich und antwortete demgemäß spitz: „Wie beruhigend."

„Außerdem", hatte er schmeichelnd hinzugefügt, „will ich dich doch nicht verstecken."

Das war natürlich ein Argument. Dennoch hätte Kerstin auf diese Begegnung gern verzichtet; andererseits war sie schon ein wenig neugierig auf Adriane und deren Familie.

Offenbar hatte man ihr Kommen schon beobachtet, denn kaum hatte das Auto angehalten, kam Adriane ihnen entgegen. Da es ihr erstes Zusammentreffen war, machte Klaus die beiden formvollendet bekannt. Was für eine lächerliche Situation, jede wusste, wem sie gegenüber stand.

„Kommt doch weiter. Die Mama (Adriane betonte gekonnt die zweite Silbe) hat im Wintergarten Tee anrichten lassen." Und an Kerstin gewandt: „Oder möchten Sie lieber Kaffee?"

„Danke vielmals, Tee wäre ganz wunderbar", näselte Kerstin und folgte Adriane in den Wintergarten, während Klaus sich um das Gepäck der Kinder kümmerte.

Im Wintergarten, der einen wundervollen Blick auf den Park und einen ziemlich großen Pool bot, war der Teetisch mit edlem Teeservice gedeckt, in der Mitte des Tisches stand ein bunter Osterstrauß, flankiert von je einer Platte mit Sandwiches und einem Marmorguglhupf.

„Ich habe gehört, ihr nutzt die Zeit für ein paar Urlaubstage?"

Kerstin nickte zustimmend und ließ sich Tee einschenken.

„Das Waldhotel wird Ihnen gefallen. Sie sollten sich auf jeden Fall eine Hot-Stone-Massage gönnen, die ist dort ganz wundervoll. Die Küche ist auch fantastisch, aber lassen Sie sich von Klaus ja nicht das siebengängige Menü aufschwatzen, das kann ja kein Mensch aufessen."

Zum Glück wurden sie an dieser Stelle unterbrochen, denn der Gedanke, dass Klaus mit Adriane im selben Hotel Urlaub gemacht hatte, gefiel Kerstin ganz und gar nicht. Aber klar, woher sollte er das Hotel sonst kennen? Jeder von ihnen hatte eben sein Vorleben. Dennoch war sie froh, dass Bienchen gerade jetzt in den Wintergarten gehüpft kam, gefolgt von einer großen, schlanken Dame in einem Dirndl, mit hoch erhobenem Kopf und schlohweißen Haar. Die Schlossherrin, kein Zweifel.

„Das ist meine Oma", rief die Kleine, dann setzte sie unbekümmert hinzu: „Und das ist Kerstin, Papas neue Freundin."

Die Damen reichten einander die Hände und murmelten ihr „sehr erfreut". Was sollte man sonst auch sagen?

Wenig später kamen Klaus und Roland, der sich ausnahmsweise ganz ordentlich benahm. Der Hausherr wurde entschuldigt, er sei auf der Jagd.

Nach etwa einer Stunde fuhren sie winkend wieder ab, ganz so, wie Klaus es vorausgesagt hatte.

„Na, war doch gar nicht so schlimm", sagte Klaus mit einschmeichelnder Stimme und griff nach ihrer Hand.

Stimmte eigentlich. Außerdem wirkte Adriane bei Weitem nicht so unsympathisch, wie Kerstin das erwartet hatte.

*

Das Waldhotel war wirklich allererste Klasse und die Suite keinesfalls klein. Kerstin und Klaus genossen die freien Tage, wenn das Wetter auch trüb und regnerisch blieb.

Erst am Samstagmorgen lachte die Sonne vom wolkenlosen Himmel, doch da mussten sie schon wieder los, um die Kinder abzuholen.

Klaus schien sich auch noch darauf zu freuen.

Diesmal mussten sie mehrfach klingeln, ehe Adriane ihnen öffnete. Anders als am Montag wirkte sie angespannt.

„Alles im grünen Bereich?", fragte Klaus und fing gekonnt Bienchen auf, die ihm über die große Freitreppe entgegengestürmt war. Während die Kleine ohne Punkt und Komma auf ihn einredete, sagte Adriane: „Kommen Sie, das kann dauern. Sicher muss er sich zuerst das pinkfarbene Prinzessinnen-Fahrrad ansehen, dass der Osterhase heute schon gebracht hat."

„Nobler Osterhase", dachte Kerstin. Hoffentlich tickte Klaus nicht gleich aus, er mochte es nicht besonders, wenn seine Schwiegereltern die Kinder mit teuren Geschenken verwöhnten. Außerdem hatte Bienchen doch ein Fahrrad. Na gut, das war nicht ihr Problem.

Wieder war im Wintergarten der Teetisch gedeckt, wieder gab es Sandwiches und Kuchen, und diesmal war sogar der Hausherr anwesend. Auch er war groß, aber kräftig gebaut, wirkte deutlich weniger distinguiert als seine Frau, und schien Kerstin eher der hemdsärmelige Typ zu sein. Er schüttelte ihr kräftig die Hand und bat sie, Platz zu nehmen.

Nur Roland fehlte.

„Wo ist unser Ältester?", fragte auch Klaus, als er endlich in den Wintergarten kam.

Adriane lächelte, verlegen, wie es Kerstin schien. „Ich fürchte, der wird dir noch einige Mühe bereiten. Er weigert sich nämlich, sein Zimmer zu verlassen, um mit dir nach Hause zu fahren."

„Was soll das heißen?"

Nun schaltete sich der Hausherr ein. „Ganz einfach, er will hier bleiben."

„Aber ... aber am Mittwoch ist doch wieder Schule!" Klaus wirkte ziemlich aus dem Konzept gebracht.

„Möchtest du eine Tasse Tee?", fragte seine Schwiegermutter.

Er sah sie irritiert an. „Danke, nein, ich möchte jetzt mit meinem Sohn sprechen."

„Nur zu", entgegnete sein Schwiegervater, „du weißt ja, wo sein Zimmer ist. Aber sag mir vorher eines: Was spricht eigentlich dagegen, dass der Junge noch bis Dienstag bei uns bleibt?"

Mit der Frage hatte Klaus offenbar nicht gerechnet. Vermutlich stellte er deshalb einfach die Gegenfrage: „Und wie kommt er dann nach Hause?"

„Vielleicht mit der Bahn?", schlug sein Schwiegervater vor. Das war zugegebenermaßen eine Möglichkeit. Eine Möglichkeit, der Kerstin durchaus etwas abgewinnen konnte. Schließlich waren sie am Ostermontag alle bei Elena zum Osterbrunch eingeladen. Ohne Roland könnte das ein ganz entspannter Tag werden – aber Klaus' Gesicht signalisierte leider nur wenig Entgegenkommen.

Dennoch schien Roland besser verhandelt zu haben, denn nach einer knappen Viertelstunde kam Klaus wieder. Er wirkte verärgert, und wandte sich ziemlich schroff an seinen Schwiegervater: „Du bringst ihn am Dienstag zur Bahn?"

„Selbstverständlich."

„Dann können wir ja fahren."

Kerstin stopfte das restliche Stück Kuchen, das noch auf ihrem Teller lag, in den Mund und beeilte sich, ihren Tee auszutrinken. Im Grunde empfand sie Klaus' Vorgehen als unhöflich, aber es schien ihr im Moment klüger, nicht mit ihm zu diskutieren.

Doch schon bahnte sich der nächste Konflikt an, denn Bienchen wollte das schöne neue Fahrrad natürlich mitnehmen.

„Das Fahrrad ist vom Osterhasen aus Salzburg, also bleibt es auch in Salzburg", beschied Klaus sie.

Bienchens Oberlippe zitterte gefährlich. „Aber es gehört mir, ich möchte es mitnehmen."

Klaus atmete durch, dann bückte er sich zu seiner Tochter: „Ich glaube nicht, dass der Osterhase das so gemeint hat. Sicher hat er daran gedacht, dass du in den Ferien hier damit fahren kannst. Außerdem hast du daheim doch ein Fahrrad."

„Aber kein Prinzessinnen-Fahrrad", schluchzte die Kleine.

Klaus warf seinem Schwiegervater einen beschwörenden Blick zu, als erwartete er Unterstützung, aber die blieb aus. Er wartete noch einen Moment, warf einen Blick auf Bienchen, dann hievte er wortlos das pinkfarbene Rad mitsamt den aufreizenden silbernen Quasten ins Auto.

„Können wir jetzt fahren?", fragte er scharf.

Bienchen schenkte ihm ein glückliches Lächeln, verabschiedete sich artig von ihrer Mutter und den Großeltern und stieg fröhlich winkend ein. Kerstin winkte ebenfalls, allerdings mehr aus Höflichkeit.

„Was war denn mit Roland los?", wollte sie wissen, sobald das Schloss außer Sichtweite war.

„Frecher Lümmel", war alles, was Klaus sagte. Als sie ihn erstaunt ansah, setzte er flüsternd hinzu: „Erzähl ich dir später."

„Wohin fahren wir eigentlich?"

„Nach Hause?"

„Und wo genau ist das?"

„Ich dachte, wir fahren in die Nelkengasse, dort können wir gemeinsam zu Abend essen und später kannst du ..."

„... wieder einmal im Büro nächtigen", ergänzte Kerstin.

Zum Glück hatte sie dort ein kleines Schlafzimmer.

„Ich werde nächste Woche mit Adriane reden. Jetzt, wo ihr euch kennt, hat sie sicher kein Problem damit, wenn du gelegentlich bei uns übernachtest."

„Das möchte ich aber nicht!“

Er warf ihr einen erstaunten Blick zu. „Hast du nicht gesagt, du findest sie ganz sympathisch?“

„Das heißt ja noch nicht, dass ich in ihrem Bett schlafen will.“

Der Rest des Heimwegs verlief ziemlich wortkarg.

*

Erst als Bienchen, nach einem letzten Blick auf das Prinzessinnen-Fahrrad, selig eingeschlafen war, sagte Kerstin: „Jetzt erzähl schon. Was war los mit Roland?“

Klaus seufzte. „Er hat mir mehr oder weniger mitgeteilt, dass er die ganze Situation zum Kotzen findet, dass er uns zum Kotzen findet und dass er so wenig Zeit wie möglich mit uns verbringen will.“

„Verstehe. Deswegen bleibt er lieber in Salzburg. Aber wir sind doch nicht schuld an der Situation. Ganz im Gegenteil. Wir versuchen alles, um es für die beiden so erträglich wie möglich zu machen.“

Klaus zuckte die Schultern. „Ich weiß, aber würde er das zugeben, müsste er sich doch eingestehen, dass seine heiß geliebte Mutter an dem ganzen Schlamassel schuld ist.“

Kerstin schaute eine Weile in das Licht der flackernden Kerze. „Vielleicht ist ‚schuld‘ das falsche Wort. Vielleicht hat keiner Schuld, oder wir alle. Wer weiß das schon.“

Klaus zog die Augenbrauen hoch. „Nanu, so verständnisvoll kenne ich dich gar nicht. Wenn es um deinen Vater geht, hört man da ganz andere Töne.“

Schon wollte Kerstin antworten, dass das auch etwas ganz anderes sei – doch dann hielt sie doch lieber den Mund. Der Unterschied wäre nicht leicht zu argumentieren.

Elena

Die Sache mit dem Glück

„Deine Zwiebel-Eiernockerln waren fantastisch, und dass man aus Wildkräutern und Gänseblümchen einen so tollen Salat machen kann, hätte ich nicht gedacht, danke Elena."

Ossi schob den leeren Teller von sich, lehnte sich zufrieden zurück und zündete sich seine Pfeife an. Es war ein Sonntag Anfang Mai und einer der ersten Tage, die zum Essen auf der Terrasse einluden.

„Es ist fast wie früher, findest du nicht?"

„Mit Betonung auf fast", gab Elena lakonisch zurück und stellte die Salatschüssel auf den Servierwagen. „Das Salatrezept stammt übrigens von Klaus."

Ossi schien wenig Lust zu haben, über Salatrezepte zu diskutieren und sinnierte weiter: „Eigentlich waren wir doch glücklich, wir haben es bloß nicht erkannt."

„Tja, so ist das mit dem Glück. Meist erkennt man erst später, dass man glücklich war. Apropos Glück. Weißt du eigentlich, dass sowohl Helmut als auch Henriette zu Yvonnes Firmung eingeladen sind?"

Ossi nickte. „Yvonne hat es mir gesagt. Ich hätte diesen Umstand allerdings nicht mit Glück assoziiert."

„Ich weiß nicht, ob es ein Glück ist, jedenfalls ist es mir eine Freude. Dir hoffentlich auch." Das hatte wie ein Befehl geklungen, und so war es auch gemeint.

Ossi schien es auch so verstanden zu haben, denn er murmelte „Aye, aye, Käpt'n", und schloss die Augen.

„Hast du eigentlich etwas Passendes anzuziehen?"

„Was wäre denn passend? Dinnerjacket, Smoking? Müsste alles noch vorhanden sein. Zum Glück habe *ich* ja meine Figur behalten."

Elena überhörte die Anspielung. Mochte ja sein, dass sie das eine oder andere Kilo zugenommen hatte. Aber sie hatte immer noch eine ganz passable Figur. „Ein heller Sommeranzug würde reichen."

„Bist du sicher? Nicht, dass ich hinter deinem Anwalt zurückstehe. Apropos, wo ist er denn heute?"

„Segeln."

„Alleine?"

„Nein, mit seinem Boot – und mit einem Freund. Und wenn du jetzt aufhörst zu sticheln, bekommst du sogar noch Kaffee."

„Mein Mund ist versiegelt."

„Dann ist's ja gut. Cappuccino?"

„Gerne. Hättest du vielleicht ein Löfferl Schlagobers?"

„Nicht nur das, ich habe sogar Zitronenkuchen."

*

„Wie konnte ich mich nur dazu überreden lassen?", überlegte Elena, während sie die nächste Lade aufzog.

Bevor Ossi am Sonntag gegangen war, hatte er sie noch so lang bequatscht, bis sie zugesagt hatte, mit ihm in den Waldgau zu fahren. Schneller als erwartet hatte Maren einen Käufer gefunden. Das Kaufanbot war bereits unterschrieben worden, nun ging es darum, auch jene

Sachen zu räumen, die man vorher zwecks Homestaging hatte stehen lassen.

Ehrlicherweise hatte Elena diese Aufgabe unterschätzt. Sie hatte doch schon im vergangenen Sommer geholfen, die Sachen seiner Mutter zu durchforsten, und der Großteil seiner eigenen Sachen war längst in der Nelkengasse. Deshalb war sie davon ausgegangen, dass die Angelegenheit in wenigen Stunden erledigt sei.

Weit gefehlt. Nun waren sie schon drei Tage hier und immer noch fanden sie vollgestopfte Laden und Kästen, deren Inhalt sie nicht ungeprüft dem Altwarenhändler überlassen wollten. Nicht nur, weil sie unter der Bettwäsche ein Sparbuch und ein weiteres zwischen den Schürzen gefunden hatten, auch von manchen Erinnerungsstücken, wie Axels altem Zauberkasten, wollten sie sich dann doch nicht trennen. Vielleicht sollte sie ihn für die Kinder mitnehmen, aber vermutlich waren Yvonne und Roland dafür schon zu alt und Bienchen noch zu klein.

„Wie kommt der denn überhaupt hierher?", murmelte Elena mehr zu sich selbst und erschrak nicht wenig, als Ossi antwortete:

„Ich vermute mal, Axel hat ihn in den Ferien mitgenommen und im Herbst nicht mehr vermisst. Ich kann mich auch gar nicht erinnern, dass er je viel gezaubert hätte."

„Der sieht auch noch ziemlich neu aus. Schade eigentlich, so ein Zauberkasten lehrt einiges über geschickte Täuschung, das könnte für seinen derzeitigen Job als Politiker ganz hilfreich sein."

Elena stellte den alten Kasten zur Seite und beförderte noch ein altes Bilderbuch und ein ziemlich zerlesenes Exemplar von „Pippi Langstrumpf" aus der Lade, während

Ossi sinnierte: „In jeder Lade eine glückliche Erinnerung. Jetzt, wo alles längst Geschichte ist, denke ich: Was waren wir nicht für eine glückliche Familie. Unsere Kinder waren gesund und wohlgeraten, wir waren jung und mussten uns noch nicht überlegen, ob wir uns jetzt gleich bücken sollen, oder doch erst später ...“

„Hast du dir schon wieder das Kreuz verrissen?“, unterbrach Elena seine wehmütigen Erinnerungen.

„Nur ein bisschen.“

Elena nickte wissend. „Meine Arzttasche ist im Auto. Ich könnte dir eine Spritze geben.“

„Lass nur, so schlimm ist es auch wieder nicht“, murmelte Ossi und trat schleunigst den Rückzug an. Er hasste Spritzen.

*

Als Elena am Freitagabend endlich wieder vor ihrem PC saß, schrieb sie eine Mail an Helmut.

Hallo, bin wieder zurück aus dem Waldgau. Da am kommenden Sonntag Muttertag ist, haben die Kinder mich wieder zu unserem jährlichen „Überraschungsausflug“ eingeladen. Ich darf auch jemanden mitbringen. Magst du?
LG Elena

Die Antwort dauerte keine fünf Minuten:

Liebe Elena, leider habe ich am Sonntag schon etwas vor.
LG Helmut

Schade! Aber wir sehen uns ja am kommenden Wochenende zu Yvonnes Firmung. Ich freu mich schon!

Diesmal dauerte die Antwort deutlich länger. Erst gegen Mitternacht kam die Antwortmail:

Bist du sicher, dass du mich dabei haben willst? LG H

Da Elena um diese Zeit schon geschlafen hatte, antwortete sie gleich nach dem Frühstück:

Muss ich diese Frage verstehen? LG E

Die Antwort kam postwendend:

So schwierig ist sie doch nicht. LG H

Jetzt hatte Elena genug. Sie griff zum Telefon. Leider war der Anschluss im Moment nicht erreichbar. Als Helmut sich bis zum späten Nachmittag nicht gemeldet hatte, rief sie noch einmal an. Diesmal hob er ab.

„Wo warst du denn solange?", rief Elena ohne Einleitung. Sie war in der Zwischenzeit ziemlich entnervt.

„Ich habe nachgedacht", erwiderte er langsam.

„Den ganzen Tag? Das muss ja ein spannendes Thema gewesen sein. Darf ich fragen, worüber?"

„Über uns."

„Das ehrt mich aber. Bist du zu einem Ergebnis gekommen?"

„Mehr oder weniger. Ich habe eingesehen, dass man das Glück nicht erzwingen kann, und da sich die Dinge nun einmal geändert haben, habe ich beschlossen, mich weder dir noch deiner Familie aufzudrängen."

„Vielleicht hättest du einfach mit mir reden sollen. Bist du etwa eifersüchtig?"

„Dazu hätte ich keinen Grund."

„Das sehe ich genauso. Welche Laus ist dir sonst über die Leber gelaufen?"

„Ach Elena, es ist keine Laus, die zwischen uns steht, es ist eher ein Berg."

„Ein Berg? Sag, hast du getrunken?"

„Noch nicht, aber ich habe es vor."

„Kann ich dich davon abbringen?"

„Eher nicht."

„Na dann, wünsche ich einen angenehmen Rausch. Wenn du viel Wasser dazu trinkst, tut's morgen nicht so weh." Dann beendete sie das Gespräch.

Kerstin

Das neue „Mäuselchen"

Kerstin war nicht wenig erstaunt, als Helmut sie am Tag nach dem Muttertag anrief und fragte, ob sie die Akte ihrer Mutter übernehmen würde.

„Warum das denn? Habt ihr gestritten?"

„Nein, ich dachte nur, es wäre ... vielleicht besser."

„Sollten wir das nicht Elena überlassen? Ich meine, du kannst ihr natürlich die Vollmacht kündigen, aber du kannst schließlich nicht über den Kopf deiner Mandantschaft hinweg entscheiden, wer sie zukünftig vertritt."

„Das habe ich auch nicht vor, ich wollte die Sache nur im Vorfeld klären. Wie läuft's denn sonst bei dir?"

„Dank' der Nachfrage, mittelprächtig. Mein Ex-Chef hat wirklich ganze Arbeit geleistet. Neulich habe ich eine ehemalige Mandantin bei Gericht getroffen, die hat mich doch tatsächlich gefragt, ob ich nun nur noch für Flüchtlinge arbeite."

„Wie kommt sie darauf?"

„Offenbar hat jeder seinen vertraulich zugeraunten Hinweis, dass ich nur noch für Mandanten arbeite, die in seiner Kanzlei keinen Platz hätten, auf seine Weise interpretiert. Neulich bekam ich einen Anruf von einem Mieter, der von der Hausverwaltung wegen Nichtzahlung verklagt wurde. Übrigens zu recht, wie er selbst zugab. Er hat gemeint, ich könnte ihm vielleicht helfen."

„Was hast du mit ihm gemacht?"

„Ich habe ihn ans Sozialamt verwiesen. Was sonst?"

„Du bringst mich gerade auf eine Idee. Ich habe da eine ziemlich verzwickte Bauträgerangelegenheit. Das ist doch dein Spezialgebiet. Würdest du dir die Akte einmal ansehen?"

„Wenn ich dir helfen kann, jederzeit gerne."

„Gut, dann maile ich dir gleich die Unterlagen. Ruf mich einfach an, wenn du sie durchgesehen hast."

Was war das denn? Hatte Elena ihn etwa gebeten, ihr Arbeit zukommen zu lassen? Das wäre ihr peinlich – ziemlich peinlich. Sie war zwar nicht voll ausgelastet, aber so bedürftig war sie nun auch wieder nicht.

*

Während der Priester eine ziemlich fromme Predigt hielt, die die Firmlinge vermutlich wenig ansprechen würde, überlegte Kerstin, was zwischen Elena und Helmut vorgefallen sein könnte. Elena schien vorhin ziemlich überrascht, ihn hier zu sehen. Dann hatte Kerstin auch noch aufgeschnappt, wie sie ihm zugeraunt hatte: „Sicher können wir reden, nur im Moment ist es ausgesprochen ungünstig." Danach war sie vor ihm in die Kirche gerauscht und hatte sich - demonstrativ, wie es Kerstin schien - zu Ossi in die Bank gesetzt. Helmut und Henriette saßen nun auf der gegenüberliegenden Seite. Kerstin hielt sich nicht gerade für die schärfste Beobachterin, aber sogar ihr war aufgefallen, wie gut Elena und Helmut sich im letzten Jahr verstanden hatten. Möglicherweise waren sie sogar verliebt. Konnte man mit sechzig plus noch von Verliebtheit reden?

Nach der Messe gab es ein Fotoshooting für die Firmlinge und ein Get-together im Pfarrcafé für die wartenden Festgäste.

„Wo ist Bienchen?", fragte Klaus und stellte zwei Tassen Kaffee auf den Tisch.

„Die ist mit meinem Vater in Richtung Fotoshooting gezogen."

„Ich habe ihr doch gesagt, dass ich nachher mit ihr hinausgehe."

„Jetzt kannst du in Ruhe Kaffee trinken, wie ich deine Tochter und meinen Vater kenne, werden sie so schnell nicht zurückkommen."

Klaus nahm einen Schluck Kaffee, verzog das Gesicht und fragte: „Wieso meinst du?"

Kerstin hatte ebenfalls von ihrem Kaffee getrunken und wusste jetzt, warum Klaus das Gesicht verzogen hatte. Sie stellte ihre Tasse ab und antwortete: „Wenn ich es richtig verstanden habe, will Bienchen auch fotografiert werden."

Klaus verdrehte die Augen. „Ich habe doch schon ein Foto von ihr gemacht."

„Ich weiß, ich ja auch, aber sie wollte eben ein ‚richtiges Foto', eines vom Fotografen. Sie wird ihr ‚richtiges Foto' bekommen, glaub mir. Selbst wenn Ossi dem Fotografen dafür die Kamera abkaufen müsste."

*

Als sich die Gesellschaft wenig später in Richtung Stadtpark aufmachte – in der ehemaligen Meierei sollte das Mittagessen stattfinden –, hatte Bienchen ein richtiges Foto und bestand nun darauf, mit „Opa Ossi" zu fahren. Dazu musste zwar erst der Kindersitz in sein Auto verlegt werden, aber von derartigen Kleinigkeiten ließen sich weder Bienchen noch Ossi aus der Ruhe bringen. Dass sie später den Platz neben ihm einnahm, war Ehrensache.

„Heute bin ich bei meiner Tochter ja richtig abgemeldet", meinte Klaus lächelnd.

„Besser, du gewöhnst dich daran", antwortete Kerstin. „Sagte ich nicht, mein Vater ist ein Rattenfänger?"

„So hast du es zwar nicht formuliert, aber ich verstehe jetzt ein wenig besser, wie sehr es dich gekränkt haben muss, als du erkannt hast, dass sich dein Vater nicht nur für dich und seine Familie, sondern auch für fremde Frauen interessiert hat."

„Unsinn", entgegnete Kerstin und wandte sich Maren zu. Doch als sie später alle auf die Terrasse wechselten und sie hörte, wie Ossi die Kleine „Mäuselchen" nannte, hatte sie plötzlich so ein komisches Gefühl in der Magengrube. So, als hätte man ihr etwas genommen, von dem sie gedacht hatte, dass es nur ihr gehörte.

*

Klaus stand am Fenster von Kerstins Büro und beobachtete seine Tochter, die mit ihrem Prinzessinnen-Fahrrad im Hof ihre Kreise zog und bei jeder Runde Ossi zuwinkte, der die Außenfenster lackierte. „Wenn ich daran denke, dass sie ihre Runden bald in Salzburg drehen wird, könnte ich heulen", sinnierte Klaus.

Kerstin verließ ihren Platz vor dem PC und stellte sich neben ihn. „Ist es denn schon fix, dass Adriane das nächste Engagement in Salzburg bekommen wird?"

Klaus legte seufzend seinen Arm um Kerstins Schulter.

„Ich nehme an, Roland hat nichts dagegen", fragte Kerstin nach einer Weile.

„Auch das sehe ich kritisch. Es stimmt ja, dass ich ständig Streit mit ihm habe und Adriane viel besser mit ihm zurechtkommt. Aber das ist doch normal in seinem Alter. Ich fürchte, er wird Adriane einfach auf der Nase herumtanzen."

„Möglich, aber sie werden doch vorerst bei ihren Eltern wohnen, und dein Schwiegervater sieht mir nicht danach aus, als würde er zulassen, dass ihm irgendjemand auf der Nase herumtanzt, schon gar kein Teenager."

„Das stimmt schon, mir ist trotzdem nicht wohl bei der Sache. Adrianes Eltern haben schon immer in der Vorstellung gelebt, dass sie etwas ganz Besonderes seien."

„Warum das?"

„Meine Schwiegermutter ist eine geborene von Waldstein, und die Waldsteins waren Barone."

„Und dein Schwiegervater? Ist der auch von blauem Blute?"

„Nein, der ist ein geborener Bierbrauer. Geldadel eben. Jedenfalls ist Adriane in dem festen Glauben aufgewachsen, etwas ganz Besonders zu sein. Das hat sie dann auch unseren Kinder eingeredet."

„Sind sie es denn nicht?"

„Natürlich sind sie einmalig – aber doch nur für uns. Andere Eltern haben andere Kinder, die sie auch für etwas ganz Besonderes halten."

„Ossi hat auch immer gesagt, wie toll wir sind. Aber wir hatten Elena, die hat uns dann wieder geerdet."

Klaus lächelte. „Kann ich mir gut vorstellen. Mir scheint, in unserer Gesellschaft gibt es mehr und mehr Kinder, die niemand erdet, wie du es nennst. Die wachsen in dem festen Glauben heran, dass sie für *jedermann* etwas ganz Besonderes sind – und das, bevor sie überhaupt noch irgendetwas geleistet haben. Das halte ich für falsch, für grundfalsch, denn es verträgt sich nicht mit dem Wort ‚besonders‘ und führt auf Dauer zu narzisstischen Verhaltensstörungen.“

Dem musste Kerstin zustimmen. Sie hatte erst vor wenigen Tagen mit Maren geplaudert, die hatte das ziemlich ähnlich formuliert.

„Wenn du Pech hast, stehen diese Typen später an den Schalthebeln der Macht. Halleluja“, ergänzte Klaus.

Eine Weile sahen sie schweigend zu, wie Bienchen immer wagemutigere Kurven fuhr. Plötzlich rief Klaus: „Au weh!“

Bienchen hatte die letzte Kurve wohl etwas zu schwungvoll genommen.

„Hast du Jod und Pflaster?“

„Der Erste-Hilfe-Koffer steht im Bad“, antwortete Kerstin. Klaus war schon unterwegs.

Kerstin hatte ihren Beobachtungsplatz am Fenster beibehalten.

Der Erste-Hilfe-Koffer wurde nicht benötigt. Die Kleine hatte nur einen winzigen Kratzer davongetragen, den hatte Ossi einfach weggepustet. Das hatte er früher bei ihr auch so gemacht.

Elena

Vollmond

„Hallo Elena, du, nur ganz kurz, ich möchte euch für Freitagabend zu einem Brainstorming einladen."

Axel schien in letzter Zeit ständig in Eile zu sein. Wer hätte gedacht, dass der Bub sich so verändern konnte? Natürlich war das im Grunde positiv, aber man konnte es auch übertreiben, fand Elena, und antwortete besonders gelassen: „Auch dir einen schönen guten Morgen. Geht's gut?"

„Dank' der Nachfrage."

„Mir geht es übrigens auch gut."

„Ja, ich weiß, schließlich warst du gestern mit Yvonne shoppen. Also, was ist mit Brainstorming?"

„Brainstorming, Sturm im Hirn, klingt irgendwie nach Epilepsie, findest du nicht?"

„Sag jetzt bitte nicht, du weißt nicht, was Brainstorming ist?"

„Klar weiß ich es. Wessen Gehirne sollen denn gestürmt werden – und wozu?"

„Ich dachte, du, Henriette, Helmut, Ossi und Marens Eltern wärt schon mal eine gute Kleingruppe."

„Ach, wir werden in Gruppen eingeteilt. Ist ja interessant. Und wozu das Ganze?"

„Im weitesten Sinne geht es um Politik. Mehr möchte ich nicht sagen. Macht ihr mit? Es wäre mir wirklich wichtig."

Elena atmete durch. „Also gut. Wenn es so wichtig ist, werde ich schauen, was ich für dich tun kann. Wo findet dein Brainstorming denn statt?"

„Sage ich dir, sobald ich weiß, wie viele Leute wir zusammen bekommen. Man hört sich. Tschüss, Elena."

Komiker.

Obwohl, im Grunde kam ihr das ganz gelegen. Sie hatte ohnehin vorgehabt, Helmut anzurufen. Sie war ja wirklich sehr froh gewesen, dass er am Sonntag dann doch noch zu Yvonnes Firmung gekommen war. Doch nach der Firmung, dem anschließenden Essen und dem Besuch im Vergnügungspark hatte sie keine Kraft mehr gehabt für das tiefschürfende Gespräch, um das er sie vor Beginn der Messe gebeten hatte. Er hatte sie übrigens auch nicht mehr darauf angesprochen. Daheim hatte sie sich dann Vorwürfe gemacht, dass sie ihn zu grob abgefertigt hat, dennoch hatte sie sich bis eben nicht dazu entschließen können, ihn anzurufen. Jetzt gab es einen praktischen Grund dafür.

Davor würde sie noch mit Henriette reden.

Ossi war sicher das geringste Problem. Hier in der Stadt schien er bisher noch wenige Kontakte geknüpft zu haben. Klar, wenn er sich den ganzen Tag im Hinterhof der Nelkengasse versteckte. Das sah ihm eigentlich gar nicht ähnlich. Früher war er umtriebiger gewesen, offenbar hatte das Alter auch ihn schon ein wenig verändert.

Henriette ließ sich zum Glück nicht lange bitten, bei dem Brainstorming mitzumachen. Doch kaum war der Termin vereinbart, fragte sie: „Und wie lautet diesmal mein Auftrag?"

„Es gibt keinen Auftrag, nur Brainstorming. Aber vielleicht können wir hinterher eine Kleinigkeit essen gehen?"

„Zu viert? Sehr romantisch. Hoffentlich bekommt Helmut nicht Herzflimmern vor lauter Vorfreude. Hast du übrigens schon mit ihm geredet?"

„Nein, mache ich gleich im Anschluss."

Einen Moment war es still, dann fragte Henriette: „Ist er dir denn nicht mehr wichtig?"

„Doch, schon, aber ... das ist im Moment alles sehr kompliziert."

„Klar ist es kompliziert, wenn du mit deinem Exmann herumflirtest."

„Ich flirte doch nicht, schon gar nicht mit Ossi!"

„Möglich, aber vielleicht kommt es Helmut so vor."

*

Auch wenn Henriette schon immer zu Elenas schonungslosesten Kritikern gehört hatte, brauchte Elena nach dem Telefonat mit ihr erst mal eine Nachdenkpause - und eine Tasse Kaffee. Während sie diese zubereitete, läutete neuerlich das Telefon. Klaus.

„Hallo Elena. Ich hätte da wieder einen Spezialfall. Klingt allerdings kompliziert. Wärst du interessiert?"

Auch Klaus klang irgendwie gehetzt. Was war denn heute nur los? Sie musste gleich nachher auf den Mondkalender schauen. „Das kann ich dir noch nicht sagen, zunächst bin ich einmal neugierig."

„Wir haben eine Anfrage von einem nicht ganz unbedeutenden Mann aus Brüssel, er hat etliche

Unverträglichkeiten und könnte von Mitte Juli bis etwa Mitte August kommen."

„Der wird sich zumindest ein Hotelzimmer leisten können", mutmaßte Elena.

„Könnte er, will er aber nicht. Er möchte inkognito bleiben."

„Leidet er unter Verfolgungswahn?"

Klaus lachte kurz auf, es klang allerdings nicht besonders fröhlich. „Das gerade nicht, aber er meint, wenn seine gesundheitlichen Probleme publik werden, könnte es mit seiner politischen Karriere rasch zu Ende gehen."

„Armes Schwein, darf nicht einmal krank sein", murmelte Elena und blätterte in ihrem Terminkalender.

Nachdem sie sich grundsätzlich über Termin und Kosten geeinigt hatten, fragte sie: „Sonst alles gut bei dir?"

„Nicht wirklich."

„Ich habe schon gehört: Adriane hat ein Engagement in Salzburg und will die Kinder mitnehmen."

„Das ist leider nur ein Teil des Problems."

„Und was ist der andere?"

„Ich hatte gestern Krach mit Kerstin."

„Willst du es mir erzählen?"

„Es ging – wie fast immer - um die Kinder. Biene war in den letzten Tagen nachmittags bei Kerstin, weil die Tagesmutter leider bis auf Weiteres ausfällt."

„Das ist doch sehr nett von Kerstin", sagte Elena und dachte bei sich: „Sieh an, das hätte ich ihr gar nicht zugetraut."

„Ja, ist es. Die Kleine verbringt übrigens die meiste Zeit bei deinem Exmann, aber das ist nicht das Problem."

„Und was ist das Problem?"

„Biene hatte eine Reihe von Rechenaufgaben, die Kerstin für sie erledigt hat. Zu allem Überfluss haben die Damen dann noch beschlossen, mich anzulügen."

„Woher weißt du es dann?"

„Ich kenne meine Tochter. Wenn von achtzig Rechenaufgaben keine einzige falsch ist, dann stimmt etwas nicht."

„Das sieht Kerstin eigentlich gar nicht ähnlich", überlegte Elena laut. „Was sagt sie dazu?"

Erst blieb es ruhig, dann sagte Klaus: „Um ehrlich zu sein, ich war so wütend, ich glaube, ich habe sie gar nicht danach gefragt."

„Solltest du aber!"

*

„Schon komisch", dachte Elena, während sie unruhig auf Helmuts Rückruf wartete. „Bei anderen weiß ich immer ganz genau, was zu tun wäre."

Obwohl ihr Helmuts Sekretärin deutlich gesagt hatte: „Der Herr Doktor ist heute den ganzen Tag bei Gericht, ich fürchte, vor abends wird das nichts werden", sah Elena im Minutentakt auf ihr Handy.

Ob Helmut wirklich so beschäftigt war? Oder wollte er einfach nicht mit ihr reden und hatte seine Sekretärin gebeten, sie abzuwimmeln? Gleich musste sie in die Praxis, dann hatte *sie* keine Zeit mehr zum Telefonieren. Natürlich war es möglich, dass es Helmut nicht anders ging. Vielleicht hatte er zwischen den Verhandlungen tatsächlich keine Zeit.

Auf dem Weg in die Praxis kam ihr Klaus entgegen.

„Na, habt ihr euch schon ausgesprochen?"

„Leider nein. Kerstin ist heute angeblich den ganzen Tag bei Gericht."

„Zweifelst du daran?"

Klaus zuckte die Schultern und ging wortlos in sein Zimmer.

Elena folgte ihm. „Zweifelst du daran?"

„Könnte doch sein, dass sie einfach nicht mit mir reden will."

Elena nickte. „Könnte sein. Es kann aber auch sein, dass wir beide ein wenig bekloppt sind."

Er sah sie nur fragend an.

„Du hast mir soeben die Augen geöffnet. Ich ärgere mich nämlich seit Stunden, dass Helmut mich nicht zurückruft, obwohl ich genau weiß, dass er den ganzen Tag bei Gericht ist. Um ehrlich zu sein, habe ich bis eben auch daran gezweifelt. Deine Bemerkung hat mir gezeigt, wie dämlich das war. Eine kleine Ausrede bleibt uns immerhin. Um 22 Uhr 36 ist Vollmond."

Maren

Brainstorming

Maren fühlte sich kribbelig, als müsste sie selbst gleich vor die versammelte Runde treten und erklären, was es mit diesem Brainstorming auf sich hatte. Genaugenommen würde sie sich entspannter fühlen, wenn sie es selbst tun könnte.

Es waren etwa sechzig Personen gekommen. Parteimitglieder, Freunde, Verwandte, unter ihnen auch Kerstin und Klaus. Maren fand, dass die beiden nicht besonders glücklich aussahen. Vermutlich waren sie einfach überlastet. Für Kerstin war das sicher keine einfache Situation. Eine Kanzlei, die nicht so richtig anlaufen wollte, und zwei Stiefkinder, denen sie einfach nicht willkommen sein konnte. Obwohl Maren den Eindruck gewonnen hatte, dass Kerstin in der letzten Zeit mit der Kleinen ganz gut auskam. Natürlich konnte der flüchtige Eindruck täuschen, sie hatten schon wochenlang nicht mehr so richtig gequatscht.

Vorerst blieb dazu auch keine Zeit, denn Axel schaltete das Mikro ein und begrüßte die Teilnehmer des ersten Brainstormings der Ökologischen Mitte.

Er begann zögerlich, steigerte sich aber, als es darum ging, das bisherige Parteiprogramm und das Ziel des Abends zu umreißen, der dazu dienen sollte auszuloten, was die Menschen wirklich wollten, um weitere Inputs für den Feinschliff des Parteiprogramms zu erhalten. Dann erklärte er kurz die Methode.

Er war kein besonders leidenschaftlicher Redner, aber niemand konnte daran zweifeln, dass er glaubte, was er sagte.

Vielleicht erhielt er gerade deswegen am Ende nahezu stürmischen Applaus, ein Applaus, der ihn verlegen zu machen schien. Daran muss er noch arbeiten, dachte Maren mit einem warmen Gefühl, und klatschte heftig mit, ehe sie ihren Platz neben Pia einnahm.

Sie saßen in Gruppen von je sechs bis acht Personen an runden Tischen. Yvonne teilte Blätter aus, auf denen ein Themenkreis vermerkt war. Jeder sollte nun innerhalb von fünf Minuten mindestens drei Begriffe aufschreiben, die ihm zum Thema wichtig waren, dann wurden die Blätter weitergegeben, um anhand der bereits notierten Begriffe neue Ideen zu finden. Nach 30 Minuten kam ein neues Thema. Nach drei Themenkreisen gab es eine kleine Pause, in der wahlweise Gulaschsuppe oder Würstel serviert wurden, dann sollten drei weitere Themenkreise folgen.

*

Maren wollte die Pause nutzen, um ein wenig mit Kerstin zu plaudern, doch da war sie wohl zu spät gekommen, denn soeben nahm Helmut an Kerstins Seite Platz, während Klaus sich neben Elena niederließ. Schade, dachte Maren, und machte sich auf die Suche nach Axel, der in eine scheinbar heftige Diskussion mit Gerhard Heiner vertieft war, da wollte sie auch nicht stören. Also holte sie sich ein Paar Würstel und ein Bier und ging an ihren Tisch zurück, wo sie Pias Konsul sagen hörte: „... das ist doch Wahnsinn! Die Presse enthüllt ein Vergehen nach dem anderen, und der Kerl sitzt immer noch auf seinem Sessel."

Offenbar sprach man über Bürgermeister Lennert.

„Wo er recht hat, hat er recht", dachte Maren und biss in ihr Würstel. Anfangs hatte sie weder Pia noch deren Konsul besonders geschätzt, doch die Mosers kämpften in der Zwischenzeit so engagiert an Axels Seite, dass sich ihr Verhältnis deutlich verbessert hatte, auch wenn Maren es immer noch nicht richtig einordnen konnte. Obwohl ihr nicht entgangen war, dass Pia ein Auge auf Axel geworfen hatte, fiel es ihr schwer, Pia nicht zu mögen. Freundschaft würde sie es zwar nicht nennen, aber es ließ sich nicht leugnen, dass Pia am bisherigen Erfolg der Ökologischen Mitte einen erheblichen Anteil hatte. Sie war ebenso gewinnend wie scharfzüngig und ihr Umgang mit der Presse war gekonnt - wenn auch nicht immer nach Axels Geschmack. Maren fand Axels Ideen zwar oft sympathischer, musste aber zugeben, dass Pias Methoden meist effizienter waren. Das Schöne daran war, zumindest für Maren, dass diese ständigen Streitereien das Verhältnis der beiden ziemlich abgekühlt zu haben schien.

Eben kam Axel an ihren Tisch. Er suchte nach Yvonne.

„Als ich sie zum letzten Mal gesehen habe, hat sie telefoniert."

„Das war anzunehmen. Aber wo ist sie jetzt?"

Maren fand sie auf der Damentoilette.

„Der einzige ruhige Ort zum Telefonieren", murrte Yvonne und beendete ihr Gespräch, um die nächste Runde Blätter auszuteilen.

*

Axel hatte es sich vorbehalten, die Ergebnisse des Brainstormings als Erster durchzusehen. Jetzt saß er schon Stunden in einem Gewirr von Blättern, die er nicht nur auf dem Esstisch, dem Couchtisch und der Anrichte, sondern mittlerweile auch auf Stühlen und Boden schlichtete.

Als Yvonne gegen Mittag endlich aus ihrem Zimmer kam, fragte sie verschlafen: „Was machst du denn da?"

„Wonach sieht's aus?", gab Axel zurück.

„Nach Chaos", meinte Yvonne und schlurfte weiter in Richtung Bad.

„Da hat sie leider recht. Wann denkst du, wirst du das Wohnzimmer wieder freigeben?", schloss Maren sich an.

„Weiß ich nicht", knurrte Axel. Dann schien er seine Taktik zu überdenken und fügte mit einem schiefen Lächeln hinzu: „Wenn du mir hilfst, bin ich bis zum Abendessen fertig."

Maren schwankte zwischen Ärger und Neugier. Es war ein wunderschöner Samstag, den sie lieber zum Radfahren oder für einen Spaziergang genutzt hätte, aber sie war auch neugierig auf die Ergebnisse.

„Einverstanden. Ich helfe dir, dafür gehst du nachher eine Runde mit mir spazieren. Was soll ich tun?"

Maren war nicht ganz sicher, ob er überhaupt verstanden hatte, was sie sagte, denn er nickte ziemlich geistesabwesend. Nach einer gehörigen Denkpause begann er langsam zu sprechen: „Wir haben je sechs Antworten von insgesamt 60 Teilnehmern, die ich in einer Excel-Liste zusammenfassen möchte. Mein Problem ist, dass die Ergebnisse nicht unterschiedlicher sein könnten. Nimm dir einmal den Themenkreis Wohnrecht, der liegt auf dem Esstisch."

Maren begann zu lesen und staunte nicht schlecht. Es gab kaum eine Position, die nicht vertreten wurde. Dabei waren die sechzig Personen zwar verschiedenen Alters und stammten aus unterschiedlichen Berufen, aber doch aus einem ähnlichen sozialen Umfeld. Erstaunlich. Sie las und las, kommentierte, gab Empfehlungen ...

Als es an der Tür klingelte, waren zwei Stunden vergangen.

„Kerstin, wie schön, komm herein, aber erschreck dich nicht, wir versuchen gerade, die Ergebnisse des gestrigen Brainstormings auszuwerten. Magst du einen Kaffee?"

„Gern."

„Axel ist im Wohnzimmer, wir können uns auf die Terrasse setzen, dann haben wir wenigstens etwas von dem schönen Wetter."

Mit diesen Worten schob sie Kerstin auf die Terrasse und gab Axel Bescheid, dass es bald Kaffee gäbe.

*

„Wie war deine Woche?", fragte Maren wenig später.

„Das einzig Gute daran war, dass ich Helmut in einem ziemlich schwierigen Verfahren unterstützen konnte. Wir sind guter Dinge, dass wir gewinnen werden. Helmut hat mir daraufhin gestern Abend eine Partnerschaft in seiner Kanzlei angeboten."

„Ach, deswegen habt ihr ständig miteinander geschnattert. Ich habe mich schon gewundert. Aber das ist doch toll! Was sagt Klaus dazu?"

„Klaus sagt ... Klaus sagt gar nichts dazu."

„Versteh ich nicht."

„Genaugenommen ... habe ich es ihm noch gar nicht gesagt."

Maren sah sie erstaunt an. „Aber wieso denn nicht?"

„Wir hatten am Mittwoch Krach, weil ich Biene bei den Schularbeiten geholfen habe. Präziser formuliert, habe ich ihr ein paar Rechenaufgaben gemacht, weil das arme Ding nach Kinderchor und Ballett völlig erledigt war."

„Na ja, das ist nicht ganz okay, aber ich hätte nicht gedacht, dass Klaus das nicht versteht. Noch dazu, wenn es um seinen Augenstern geht."

Kerstin zögerte, ehe sie sagte: „Vielleicht war es wirklich nicht richtig, es ihm nicht zu sagen."

Maren lachte auf. „Du willst mir jetzt aber nicht erzählen, dass du dich hinter seinem Rücken mit der Kleinen verbündet hast?"

„Wie du's sagst, klingt es blöd, aber na ja ... im Grunde war's so. Wir haben dann vereinbart, am Freitagabend in Ruhe darüber zu reden. Aber nach dem Brainstorming wollte ich ihm erst von Helmut erzählen. Möglicherweise habe ich auch etwas weit ausgeholt. Ich habe natürlich erst von unserer erfolgreichen Verhandlung erzählt, damit er versteht, wie sich das ergeben hat. Jedenfalls hat er nur kurz zugehört und dann gemeint, ich wollte nur vom Thema ablenken. Das konnte ich natürlich nicht auf mir sitzen lassen."

„Also habt ihr euch wieder gestritten", ergänzte Maren.

„Ich treffe zurzeit einfach nicht den richtigen Ton. Egal, was ich sage, es ist falsch. Kennst du das?"

„Wer kennt das nicht?"

Elena

Nägel mit Köpfen

Trotzdem Elena am Samstagabend wirklich müde gewesen war, nachdem sie mit Ossi stundenlang durch die Weinberge spaziert war, schlief sie schlecht. Nun stand sie auf und stellte sich auf den Balkon. Am Osthimmel zeigte sich bereits ein schwaches Licht. Heute würde sie Helmut treffen, um sich hoffentlich mit ihm auszusprechen. Die gestrige Verabredung hatte er verschieben müssen, weil seine Schwester, die in Wien lebte, ihm auf der Durchreise einen Besuch abstattete. Erst war Elena wütend, dann enttäuscht gewesen. Zum Glück hatte sich dann Ossi gemeldet und sie mit seinen Geschichten vom Umbau unterhalten.

Zwischen Klaus und Kerstin schien es auch zu kriseln.

„Den beiden geht es wie Helmut und mir", dachte Elena. „Wir kommen auch nicht voran. Zwei Schritte vor, einer zurück." Aber diesmal würde sie keine Ausreden gelten lassen, diesmal wollte sie Nägel mit Köpfen machen. Dieses ewige Hin und Her war ja nicht auszuhalten.

Sie hatte sich längst für Helmut entschieden, aber wenn er das anders sah, wovon sie seit einiger Zeit ausging, würde sie mit seiner Entscheidung eben leben müssen. Sie hatte eine große Familie, sie hatte Freunde und sie hatte eine Aufgabe. Eine feste Beziehung mit Helmut wäre das

Sahnehäubchen, aber man durfte nicht zu viel erwarten. Sie konnte auch ohne Sahnehäubchen leben.

Mit diesem Gedanken ging sie wieder zu Bett, schlummerte auch kurz ein, doch als von der nahen Martinskirche um sechs Uhr die Glocken läuteten, war sie sofort wieder munter. Wider ihren sonstigen Gewohnheiten beschloss sie aufzustehen und in die Frühmesse zu gehen. Sie war seit Ostern nicht mehr in der Kirche gewesen.

Es fiel ihr schwer, sich auf die Messe zu konzentrieren. Während der ältliche Priester das Evangelium verlas, überlegte sie, was sie mittags anziehen sollte, und während die Gemeinde dem Herrgott ihr Loblied sang, formulierte sie ihre ganz persönlichen Fürbitten. Dann rief sie sich zur Ordnung. Sie sollte nicht so selbstsüchtig sein. Obwohl, dem lieben Gott würde es vermutlich egal sein, woran sie dachte, und ob sie ihm ein Loblied sang oder nicht, würde seine Entscheidungen kaum beeinflussen. Immer vorausgesetzt, dass es ihn gab.

*

Elena betrachtete sich im Spiegel. Das Ergebnis ihrer Bemühungen war gar nicht mal so schlecht. Sie hatte sich für ein eng anliegendes Sommerkleid mit bunten Blumen entschieden. Zum Glück war es nicht allzu heiß. Dazu trug sie elegante Stöckelschuhe. Spazierengehen war also heute nicht drin. Vielleicht sollte sie sicherheitshalber noch ein paar Mokassins einstecken. Auch das Haar saß gut. Dennoch fühlte sie sich kribbelig, beinah nervös.

Helmut war wie immer pünktlich und trug einen hellen Sommeranzug, der seine leichte Bräune vorteilhaft zur Geltung brachte.

Sie fuhren in die Alte Mühle, ein Restaurant der gehobenen Klasse, wunderschön gelegen an einem kleinen Fluss.

Nachdem sie bestellt hatten, sagte Helmut beinahe feierlich: „Liebe Elena, ich habe in den letzten Tagen mehrfach mit Kerstin gesprochen, unter anderem auch über die Frage, ob es jetzt, wo alle Geheimnisse offengelegt sind, nicht besser wäre, wenn sie deine Angelegenheiten übernähme."

Elena schluckte: „Und was hat sie gesagt?"

„Im Prinzip ist sie damit einverstanden."

Elena war den Tränen nahe und brachte mühsam hervor: „Tja, wenn dir das so lieber ist."

Dann brachte der Kellner die Aperitifs.

Sie prosteten einander zu. Elena nahm erst einen kleinen, dann einen großen Schluck von ihrem Campari, ehe sie fragte: „War es das, was du mir sagen wolltest?"

Er nickte, sagte: „Ja, das heißt nicht nur. Also, das ist nicht das, was ich dir schon vorige Woche sagen wollte."

Elena fand, für einen Anwalt drückte er sich im Moment etwas unpräzise aus.

Der Kellner brachte einen kleinen Gruß aus der Küche. Spargelspitzen im Speckmantel auf Kartoffelschaum. Obwohl Elena nicht den geringsten Appetit hatte, kostete sie. Schmeckte gut.

„Vorige Woche wollte ich dich genau genommen etwas fragen."

„Und was?"

„Ich finde die Situation im Moment ehrlich gesagt etwas unübersichtlich."

Sie sah ihn interessiert an, sagte aber nichts.

„Was ich meine, ist, seit dein Exmann in deinem Haus dieses Hofgebäude für sich herrichtet, ..."

Er ließ den Satz unvollendet und sah sie fragend an. Als sie keine Antwort gab, setzte er resigniert hinzu: „Du musst mir nichts mehr erklären, ich habe auch so verstanden."

Elena hätte ihn gern ein wenig zappeln lassen, konnte aber fast spüren, wie sich ihre Miene deutlich aufhellte, und sagte vergnügt: „Das hast du eben nicht, du Dummkopf! Denkst du, ich habe ein Verhältnis mit meinem geschiedenen Mann? So, wie wir zwei zueinander stehen?"

„Gutes Stichwort. Wie stehen wir denn zueinander?"

Der Kellner brachte die Vorspeisen. Der kam aber auch immer im falschen Moment.

Elena zwinkerte ihm zu: „Sag du's mir."

Helmut atmete tief ein, erhob sein Glas. „Elena, ich wollte dir heute eigentlich einen Strauß Rosen bringen. Ich bin auch schon vor dem Blumenladen gestanden, aber dann hab ich's gelassen. Ich wollte mich nicht blamieren."

„Rote Rosen?"

„Dunkelrote Rosen, langstielig."

Elena strahlte ihn an. „Wirklich schade, dass du so ein Feigling bist."

Er lächelte: „Ich werde an mir arbeiten, versprochen."

Dann widmeten sie sich hingebungsvoll ihrer Vorspeise, hausgebeiztem Saibling mit Haselnüssen. Hervorragend.

Erst später fragte sie: „Und warum muss dann Kerstin meine Angelegenheiten übernehmen?"

Er lächelte sie an: „Ich will mir doch nicht nachsagen lassen, dass ich mich an reiche Mandantinnen heranmache."

Elena war perplex. „Das meinst du nicht im Ernst?"

„Doch, schon. Übrigens wird es zukünftig vielleicht gar keinen so großen Unterschied machen, wer dich betreut. Ich habe Kerstin nämlich angeboten, in meine Kanzlei einzusteigen."

„Einfach so?"

„Eher aus gegebenem Anlass. Mein Partner wird heuer siebzig und will sich endgültig aus der Kanzlei zurückziehen. Er hat bisher die wohnrechtlichen Causen betreut. Kerstin hat mich neulich in einer solchen unterstützt. Sie ist wirklich gut, und da ihre Kanzlei ohnehin noch nicht nach ihren Vorstellungen läuft, dachte ich, ein solches Arrangement könnte für uns beide Vorteile bringen."

„Klingt logisch. Hat sie schon zugesagt?"

„Ich hoffe, dass sie es morgen tun wird. Und nachdem ich derzeit eine Glückssträhne zu haben scheine, könnte es doch sein, dass sie ja sagt."

Später gingen sie noch ein kleines Stück spazieren, Hand in Hand. Das fühlte sich so gut an, dass nicht einmal die hochhackigen Schuhe störten.

Kerstin

Ossi greift ein

Kerstin war schon oft am Wochenende allein gewesen, aber noch nie hatte sie sich so einsam gefühlt wie an diesem Sonntag. Gegen Mittag beschloss sie, ins Büro zu fahren. Es konnte gut sein, dass Klaus in der Wohnung war. Sollte sie läuten? Sie hatte ihn seit Freitagabend weder gesehen noch gesprochen und auf seine läppische SMS hatte sie auch nicht geantwortet.

Doch als sie das Stiegenhaus betrat, kam ihr nicht Klaus, sondern Ossi entgegen, und fragte erstaunt: „Nanu, ich dachte, ihr geht baden."

„Möglich, dass Klaus mit den Kindern baden gegangen ist", antwortete sie und versuchte, an ihm vorbeizugehen. Doch Ossi fasste sie am Arm. „Alles in Ordnung?"

„Ja, sicher."

„Ach, Mäuselchen. Du hast mir doch noch nie etwas vormachen können."

Kerstin versuchte, ihn abzuschütteln. Sie fühlte sich schwach und das ärgerte sie. „Lass mich. Außerdem ist Biene jetzt dein neues Mäuselchen." Sobald sie es ausgesprochen hatte, hätte sie sich ohrfeigen können. Blöder konnte man ja kaum reagieren.

„Ich scheine ja ein echter Tierfreund zu sein", schmunzelte Ossi. „Würdest du mit diesem Tierfreund vielleicht eine Kleinigkeit essen gehen? Ich war gerade auf dem Weg in den Biergarten. Die haben hervorragende Spareribs, sollen aber auch ganz gute Salate haben."

„Wieso muss ich eigentlich immer Salat essen? So fett bin ich doch gar nicht mehr."

„Du bist gertenschlank und das weißt du auch. Vielleicht glauben deswegen alle, dass du Salat bevorzugst. Also was ist, kommst du mit?"

Kerstin wollte schon nein sagen, aber im Grunde gab es im Büro nichts zu tun. Vielleicht war es ganz gut, nicht allein zu sein, ein Happen zu essen wäre sicher auch nicht schlecht. Sie hatte kaum gefrühstückt und merkte erst jetzt, dass sie hungrig war.

„Also gut, ich lege nur schnell meinen Laptop ins Büro."

„Lass dir ruhig Zeit. Auf schöne junge Damen warte ich immer gerne. Ich hole mir in der Zwischenzeit noch meinen Strohhut."

*

Obwohl sie sich vorgenommen hatte, Ossi keinesfalls von ihrem Streit mit Klaus zu erzählen, dauerte es keine zehn Minuten, bis er zwei und zwei zusammengezählt hatte und ruhig feststellte: „Ihr habt gestritten, stimmt's?"

Kerstin hätte das gern geleugnet, aber die Fakten sprachen für sich, also zog sie es vor zu schweigen. Zum Glück kamen in diesem Moment die Spareribs.

Während des Essens sprachen sie wenig, erst als der Kellner wieder abgeräumt hatte, sagte Ossi: „Dein Klaus war mir übrigens auf Anhieb sympathisch."

„Das freut mich ja außerordentlich", zischte Kerstin. Hatte sie sich nicht erst heute Morgen vorgenommen, in

Zukunft auch privat nur noch kühl und überlegt zu handeln? Als hätte Ossi ihre Gedanken erraten, sagte er: „Tja, meine Liebe, das Richtige zu tun, ist oft nicht so einfach wie es aussieht."

„Sehr weise. Planst du einen Spruchkalender?"

„Keine schlechte Idee", gab er gelassen zurück. Wenn Ossi nicht dazu aufgelegt war, war es echt schwierig, mit ihm zu streiten.

Plötzlich zuckte Kerstin zusammen. Das war doch Klaus' Stimme. Schon hörte sie Biene rufen: „Da ist Opa Ossi!"

Die Kleine lief auf Ossi zu, Klaus und Roland folgten ihr.

„Dürfen wir?", fragte Klaus pro forma und zog einen fünften Stuhl heran.

Kerstin warf Ossi einen wütenden Blick zu. Wenn das nicht sein Werk war, wollte sie auf der Stelle tot umfallen – die Gefahr war übrigens gering.

*

Eine Stunde später schlenderten sie zu fünft in Richtung Nelkengasse. Ossi hatte vorgeschlagen, den Kaffee „vor dem Haus" zu trinken, da könnte sein kleines Mäuselchen wenigstens Rad fahren. Er bezeichnete das alte Hofgebäude neuerdings als

„mein kleines Haus". So klein war es übrigens gar nicht. Maren hat errechnet, dass es, Atelier- und Wohnräume zusammengenommen, über knapp 160 m² verfügte.

Roland hatte die Einladung zum Kaffee ausgeschlagen und sich in Klaus' Wohnung zurückgezogen.

Während Ossi angeblich den Kaffee zubereitete - er hatte sich ausdrücklich Hilfe verbeten und schien jede Bohne einzeln zu mahlen -, fragte Kerstin knapp: „Das war ja wohl kein Zufall, dass ihr just in jenem Biergarten aufgekreuzt seid, in dem wir saßen?"

Klaus sah ihr in die Augen und sagte mit einem leisen Lächeln: „Nein, war es nicht, und sollte ich es noch nicht gesagt haben: Es tut mir leid."

„Was genau?"

„Alles. Dass Adriane diese Woche nicht kommen konnte, dass ich dich mit Bienchen allein gelassen habe, ..."

„Das war *nicht* das Problem", fuhr Kerstin dazwischen.

„... dass ich dir Vorwürfe gemacht habe, und dass ich dir nicht zugehört habe, das ganz besonders", fuhr Klaus unbeirrt fort, um dann mit einem schelmischen Grinsen hinzuzufügen: „Habe ich etwas vergessen?"

Kerstin fiel es schwer, ein Lächeln zu unterdrücken, vermutlich gelang es ihr auch nicht sehr gut, aber zumindest ihre Worte waren noch kühl. „Wohl kaum. Du hast deine Entschuldigung ja auch entsprechend großräumig angelegt."

„Wird mir denn vergeben?"

Kerstins Gefühle waren zwiespältig. Natürlich war sie erleichtert, dennoch versuchte sie, die Sache noch ein wenig auszukosten. Erst als sie seine Hand auf ihrer Schulter spürte, drehte sie sich zu ihm um, sagte aber in geschäftsmäßigen Ton: „Erst geht es darum, ob wir uns in der Sache selbst einigen können."

„Ist doch egal, warum du diese blöden Rechenaufgaben gemacht hast. Du wirst schon deine Gründe gehabt haben."

„Die hatte ich allerdings. Hast du dir schon einmal den Stundenplan deiner Tochter angesehen? Speziell den Dienstag, der ist besonders heftig. Erst hat sie fünf Stunden Schule, nachmittags noch Chor und anschließend Ballett. Nach dem Ballett kannst du sie vergessen. Das verstehe ich. Ich gehe ja auch nicht erst tanzen und erledige hinterher meine Schriftsätze. Also habe ich diese blöden Rechnungen eben für sie gemacht. Dafür hattet ihr noch einen netten Abend, zumindest bis zu dem Zeitpunkt, als du unbedingt ihre Hefte kontrollieren wolltest. Das war schon per se eine Frechheit. Wenn ich sage, ich habe die Hausübung kontrolliert, musst *du* nicht nachschnüffeln."

„Ich fühle mich schuldig in allen Punkten der Anklage – bis hierher. Aber kannst du mir erklären, warum du mir das nicht gesagt hast?"

„Du hast ja nicht mich gefragt, sondern Biene. Die hat natürlich gesagt, dass sie die Aufgaben selber gemacht hat. Das hätte ich genauso gemacht. Da wollte ich ihr halt nicht in den Rücken fallen. Dein Theater war wirklich zweitklassig."

„Ich hab's ja schon bereut. Wird mir denn jetzt vergeben?"

Klar wurde ihm vergeben, sein Blick war auch wirklich zum Zerschmelzen, aber so schnell hatte sie noch nie klein beigegeben.

Sie zuckte die Schulter. „Mal sehen. Ich gehe jetzt einmal nachschauen, was mein Vater da genau macht. In der Zeit hätte man eine ganze Kompanie mit Kaffee versorgen können."

„Du nennst ihn ‚deinen Vater'? Ist das jetzt ein gutes Zeichen?

Kerstin zog es vor, diese Frage nicht zu beantworten, und ging ins Haus.

*

Als sie nach dem Kaffee friedlich im Hof saßen - Biene hatte es sich, versorgt mit Keksen und Ossis hausgemachter

Zitronenlimonade, in der Zwischenzeit vor dem Fernseher gemütlich gemacht -, erzählte Kerstin von Helmuts Angebot.

„Wirst du es annehmen?", fragte Klaus.

„Ich wäre schön blöd, wenn ich es nicht täte. Natürlich werde ich dann wieder mehr Arbeit haben, aber gleichberechtigter Partner einer Sozietät zu sein, ist genau das, was ich von Anfang an gewollt habe."

Ossi schwieg.

Später sagte er an Klaus gewandt: „Du wirst ohnehin viel Zeit auf der Autobahn oder im Zug verbringen, wenn deine Frau mit den Kindern nach Salzburg zieht."

Klaus zuckte die Schultern. „Ehrlich gesagt weiß ich noch nicht, wie es wirklich weitergehen soll. Anders als Roland hat Bienchen die Idee mit dem Umzug nicht gerade jubelnd aufgenommen. Erst hat sie herzzerreißend geweint, dann so lange Theater gemacht, bis Adriane nach Tagen der Geduldsfaden gerissen ist. Seither tut Biene, als gäbe es diese Pläne nicht. Sie negiert sie einfach. Das weiß Adriane natürlich auch - und es ist ihr bei Weitem nicht egal."

„Meinst du, sie wird das Engagement fallen lassen?", fragte Kerstin.

„Das kann ich mir, ehrlich gesagt, nicht vorstellen. Bevor sie am Donnerstag abgefahren ist, hat sie zu Biene gesagt: ‚Wenn wir erst in Salzburg wohnen, muss ich nicht mehr tagelang wegfahren', und die Kleine darauf: ‚Bringst du mir etwas mit aus Klagenfurt?' Ganz so, als hätte Adriane gar nicht vom Umzug gesprochen."

„Klingt nach einer beschissenen Situation", meinte Ossi und stellte Gläser und eine Flasche Wein auf den Tisch. Er schenkte wortlos ein und prostete ihnen zu. „Früher, im guten alten Patriarchat, war das Leben halt einfacher."

„Einfacher vielleicht, aber keinesfalls besser", konterte Kerstin. Niemand widersprach ihr.

Nach einiger Zeit fragte sie: „Hättest du es in Betracht gezogen, mit deiner Familie nach Salzburg zu gehen, wenn es mich nicht gäbe?"

Klaus sah sie erstaunt an. „Auf keinen Fall. Salzburg war für mich nie eine Option, das weiß Adriane. Sie weiß auch warum."

„Und warum?", hakte Kerstin nach.

Klaus winkte ab. „Ist eine alte Geschichte. Ich habe mich mit ihren Eltern noch nie besonders gut verstanden. Möglicherweise war das von Anfang an ein Stolperstein in unserer Beziehung."

„Willst du uns davon erzählen?", fragte Ossi und lehnte sich gemütlich zurück.

Klaus schien unsicher, ob er das wollte. Kerstin kannte ebenfalls nur Bruchstücke der Geschichte, weshalb sie ihm aufmunternd zunickte. Er schwieg noch einen Moment, dann nahm er einen Schluck aus seinem Weinglas und begann zu erzählen: „Mein Vater ist Priester, genau genommen hat er es sogar bis zum Abt gebracht, aber das wusste ich lange Zeit nicht. Meine Mutter stammte bekanntlich aus der Toskana. Sie hat mir immer nur erzählt, sie hätte ihn kennengelernt, als er Urlaub machte. Heute würde man sagen, ich wäre das Ergebnis eines One-Night-Stands. Fakt ist, nachdem meine Mutter bemerkt hat, dass sie schwanger war, hat sie Hals über Kopf ihre Heimat und ihr Elternhaus verlassen und ist zuerst nach München gegangen. Warum habe ich nie hinterfragt. Erst von meinem Vater habe ich erfahren, dass er dort in einem Kloster gelebt hat. Als er hierher versetzt wurde, hat er ihr eine Anstellung als Lehrerin für Italienisch verschafft – praktischerweise an der Klosterschule, an der auch er unterrichtet hat. Aber die Sache ist wohl aufgeflogen, denn einige Jahre später wurde mein Vater neuerlich versetzt. Ich ging schon zur Schule, also sind wir geblieben.

Wie dem auch sei. Für Adrianes Eltern war ich immer nur das Ergebnis eines illegitimen Verhältnisses. Dass meine Mutter Lehrerin war und ich studiert habe, hat ihnen die Sache zwar ein wenig erleichtert, aber im Grunde haben sie meine Mutter ihr Leben lang verachtet. Das wurde natürlich nicht ausgesprochen, aber es war auch so ganz deutlich."

„Und was sagte Adriane dazu", fragte Kerstin dazwischen.

„Adriane hat immer gemeint, dass ich mir das nur einbilde."

„Wäre doch möglich", warf Ossi ein.

Das musste Klaus einräumen. „Jedenfalls hat meine Mutter mir erst kurz vor ihrem Tod gestanden, wer mein Vater ist."

„Dann hast du deinen Vater erst vor wenigen Jahren kennengelernt?", fragte Ossi erstaunt.

„Nein, nein, ich kannte ihn schon. Er ging ja bei uns lange Jahre aus und ein, als ich noch klein war. Ich mochte ihn damals sogar, ich wusste nur nicht, dass er mein Vater war. Meine Mutter hat später auch noch einmal geheiratet."

„Und wie war das Verhältnis zu deinem Stiefvater?", wollte Kerstin wissen. Solche Dinge interessierten sie neuerdings brennend.

„Anfangs sehr gut. Ich war froh, endlich auch eine richtige Familie zu haben. Außerdem war er Pilot, das fand ich sehr aufregend. Als ich in die Pubertät kam, wurde unser Verhältnis allerdings zunehmend problematisch."

„Vielleicht warst du deinem Sohn nicht ganz unähnlich", vermutete Kerstin. „Ich habe neulich gelesen, dass man mit den eigenen Kindern in jenen Lebensphasen die meisten Schwierigkeiten bekommt, in denen man auch selbst Schwierigkeiten hatte."

„Oh, Frau Psychologin", neckte Klaus. „Klingt nach einer ziemlich schrägen Theorie. Findest du nicht?"

Kerstin zuckte die Schultern und Klaus erzählte weiter. „Jedenfalls hat er mein Studium finanziert. Kaum hatten wir uns wieder ein wenig angenähert, ist er bei einem Hubschrauberflug tödlich verunglückt. Leider."

„Und wie ist das Verhältnis zu deinem richtigen Vater?", fragte Ossi.

Klaus überlegte. „Was heißt schon richtig, was falsch? In meinem Fall war ich meinem biologischen Vater nie so nah wie meinem Stiefvater, denn er war mit mir Skifahren, hat mir Tennis beigebracht und war mit mir auf dem Fußballplatz.

Aber um auf deine Frage zurückzukommen: Erst war ich wütend auf meinen biologischen Vater, weil er sich nie zu mir bekannt hat. In der Zwischenzeit habe ich eingesehen, dass er unter dieser Situation vermutlich mehr gelitten hat als ich. Heute leben wir in einer Art friedlicher Koexistenz. Kerstin hat ihn ja schon kennengelernt. Er hat sich vor einigen Jahren in ein Kloster im Allgäu zurückgezogen."

„Spannender Lebenslauf", meinte Ossi.

Klaus nickte. „Filmreif. Dabei war es als Kind für mich noch relativ einfach. Vater unbekannt. Das soll ja vorkommen. Dass es sich dabei um einen Makel handeln könnte, habe ich erst durch Adrianes Eltern erfahren."

Das Gespräch wurde von Biene unterbrochen, die fröhlich heranhüpfte, um zu verkünden, dass sie Hunger habe.

„Du hast recht, wir sollten langsam nach Hause fahren. Gehst du bitte deinen Bruder holen?"

Bienchen schüttelte wild den Kopf: „Der ist immer so doof. Können wir ihn nicht hierlassen?"

Elena

Überraschungen

Pünktlich mit Schulschluss kam der große Regen. Es regnete nun schon drei Tage und Elena konnte verstehen, dass Biene, die Klaus für ein paar Stunden bei ihr abgegeben hatte, übellaunig war. Heute war sie wirklich eine Nervensäge. Um sie abzulenken, fragte Elena: „Wirst du dein Prinzessinnen-Fahrrad mit nach Salzburg nehmen?"

Die Kleine schüttelte den Kopf, dass die Haare nur so flogen, das war ihre neue Lieblingsattitüde. „Das bleibt bei Opa Ossi, damit ich im Hof damit fahren kann."

„Aber dann kannst du doch in Salzburg nicht Rad fahren."

„Macht nichts, Opa Bernhard hat gesagt, wir fahren an einen See und gehen dort schwimmen und Boot fahren."

„Und danach?"

„Danach komme ich wieder und bleibe bei Papa."

„Aha", sagte Elena gedehnt. Davon hatten ihr weder Kerstin noch Klaus etwas erzählt. Kerstin war voll und ganz damit beschäftigt, sich in Helmuts Kanzlei zu etablieren, die beiden hatten das ganze Wochenende gearbeitet; aber dass auch Klaus ihr nichts davon erzählt hatte, schien Elena doch seltsam.

„Weiß dein Papa das auch?"

Wieder flogen die Haare. „Das wird eine Ü-ber-ra-schung!"

„Oh ja", dachte Elena und beschloss, Klaus auf diese Überraschung schonend vorzubereiten.

*

Klaus war ziemlich erstaunt gewesen, als Elena ihm die Überraschung ins Ohr geflüstert hatte. Zur Stärkung hatte sie ihm dann einen Kaffee gemacht, weshalb es einige Zeit dauerte, bis die beiden endlich gegangen waren.

Elena stellte die Kaffeetassen in den Geschirrspüler und schaltete den Fernseher ein, um sich in Ruhe die Nachrichten anzusehen.

Die Sozialisten verlangten eine starre Mietzinsobergrenze, die Liberalen konterten mit der Idee, jegliche Mietzinsobergrenzen abzuschaffen und die Konservativen verlangten mehr Geld für das Bundesheer. Der Wahlkampf schien - trotz vermeintlicher Sommerpause - bereits voll anzulaufen. Kein Wunder, Ende Oktober wurde gewählt.

Axels Ökologische Mitte war erstaunlicherweise zu einer beachtlichen Bewegung angewachsen, und wenn es ihnen gelingen sollte, den anderen Parteien ausreichend Stimmen wegzunehmen, kämen sie durchaus als Koalitionspartner infrage. Wer hätte das gedacht? Wer hätte je geglaubt, dass Axel eines Tages zu einer bestimmenden Größe der Bundespolitik werden würde. Und warum hatte niemand, nicht einmal er selbst, sein Talent erkannt?

Dabei wusste Elena nicht so recht, ob sie ihm einen solchen Wahlerfolg wirklich wünschen sollte. Derzeit arbeitete er rund um die Uhr. War es das, was sie sich für ihn gewünscht hatte? Was für ein Glück, dass Maren ebenfalls ausreichend zu tun hatte. Ihr Immobilienbüro schien in der letzten Zeit gut zu laufen. Maren, sachlich wie immer, meinte, das sei vor allem auf Axels Bekanntheitsgrad zurückzuführen. Zumindest hatten die beiden keine finanziellen Probleme mehr.

Axel übte sich neuerdings in Pragmatismus. „Wir tun, was wir können", hatte er neulich gesagt, „sollte es schief gehen, geht es eben schief." Oder war da noch ein Stück des alten Axels, dem, der lieber Politthriller schrieb, die damals kein Verlag haben wollte, als einer geregelten Arbeit nachzugehen? In der Zwischenzeit hatte sich ja ein Verlag gefunden, der bereit war, den Roman als Verlagsbuch zu veröffentlichen. Die Neuauflage würde ebenfalls im Herbst erscheinen. Sollte es also mit der Politkarriere doch nichts werden, blieb ihm immer noch die eines Autors.

Im Grunde verdankte er das alles ihrem Lottogewinn – freilich nur indirekt. Hätte sie nicht gewonnen, wäre sie niemals zu Helmut gegangen, Maren wäre nicht an diese noblen Stadtwohnungen gekommen, von denen Axel später eine diesem Grünen-Politiker verkauft hatte. Er wäre nicht in die Politik gegangen und daher vermutlich nie auf die Idee gekommen, eine eigene Partei zu gründen. Schon seltsam, welche neuen Wege seither beschritten wurden. Sie hatte Helmut getroffen, Axel hatte endlich seinen Weg gefunden, Ossi war wieder zurück und sein Verhältnis zu Kerstin schien deutlich entspannter.

Auch Kerstin hatte sich verändert. Klaus tat ihr einfach gut, selbst wenn die beiden es nicht immer leicht hatten, schon wegen der Kinder. Aber mit Bienchen kam Kerstin mittlerweile ganz gut zurecht. Nur Roland blieb vorerst ein Problem. Natürlich war er in einem schwierigen Alter. Elena versuchte sich zu erinnern, wie das damals bei Kerstin und

Axel war. Axel trug lange Haare, seltsame Kleidung und hatte mitunter einen allzu flotten Spruch auf den Lippen, aber wirkliche Probleme hatte sie nur mit Kerstin gehabt. Die hatte eine Zeit lang gar nicht mit ihr gesprochen. Zum Glück war Kerstins Verhältnis zu Ossi damals gut gewesen. Aber Adriane dürfte mit Roland ja auch einigermaßen zurechtkommen.

In der Zwischenzeit waren die Nachrichten vorbei, die Wettervorhersage hatte Elena versäumt und der nachfolgende Krimi hatte auch bereits begonnen. Sie sah auf die Uhr – und wartete.

Es war schon fast neun, als Helmut sich endlich meldete. Er habe bis eben mit Kerstin an der Übergabe einiger Akten gearbeitet. Jetzt sei er müde und würde lieber nach Hause fahren. Das verstand Elena natürlich – leidtat es ihr trotzdem, denn in den letzten Wochen hatte er sich angewöhnt, auf dem Heimweg immer noch auf ein Glas Bier vorbeizukommen. Na gut, dann eben morgen.

*

Zwei Tage später, Elena saß gerade beim Frühstück, fiel ihr folgender Artikel ins Auge:

... wie der Stadtanzeiger herausgefunden hat, ist Axel Prinz, Chef der Ökologischen Mitte, der sich für eine Beibehaltung der Richtwertmieten einsetzt und einer Liberalisierung der bestehenden Befristungsregelung das Wort redet, angeblich, um der herrschenden Wohnungsnot wirkungsvoll zu begegnen, selbst ein Gewinner dieses Systems. Einerseits durch seine Frau, Ing. Maren P., die Miteigentümerin eines Immobilienbüros ist, anderseits

durch seine Mutter, Dr. Elena P., die ein Zinshaus in bester Lage besitzt. ...

So ein Schwachsinn! Was hatte Axel mit ihrem Zinshaus zu tun? Elena schleuderte die Zeitung auf den Tisch und griff nach ihrem Handy. Aber – wen sollte sie anrufen?

Axel hatte das Pamphlet sicher schon gelesen und würde wissen, was zu tun war. Sicher hatte er auch Maren schon verständigt, möglicherweise sogar Kerstin. Die beiden schienen sich erstmals in ihrem Leben einigermaßen zu verstehen. Helmut war am Vormittag bei Gericht, da konnte sie ihn nicht stören. Sie entschied sich dafür, Henriette anzurufen. Die würde sich bestimmt mit ihr ärgern.

*

„So richtig überrascht hat es uns nicht. Das nennt man ‚dirty campaigning'. Nachdem unsere Umfragewerte erstaunlich gut sind, war etwas Ähnliches zu erwarten", sagte Axel schulterzuckend. Es war Sonntagnachmittag, Axel, Maren und Yvonne waren zum Schwimmen vorbeigekommen.

„Das machen alle."

„Ihr auch?"

„Noch nicht, aber wenn das so weitergeht, werden wir uns wohl wehren müssen. Kollege Heiner hat da einiges in petto. Bisher konnte ich ihn davon abhalten, aber ..."

„Wäre es nicht besser, sich mit sachlichen Argumenten zu wehren?"

„Die da wären? Ich meine, im Grunde haben die ja nicht falsch recherchiert. Du besitzt ein Zinshaus und Maren verdient ihre Brötchen in der Immobilienbranche. Soll ich eine Presseaussendung machen, in der steht: Das Geschäft meiner Frau geht gar nicht so toll, wie man sich das gemeinhin vorstellt, und meine Mutter hat ihr Zinshaus im Lotto gewonnen? Die lachen sich doch tot. Außerdem spielt die Wahrheit keine Rolle. Die Verdachtsgründe reichen aus, um mich erst mal zu diskreditieren."

Dann nahm er sein Badetuch und ging zum Schwimmteich.

„Klingt blöd", musste Elena zugeben. „Auch wenn es wahr ist."

„Nicht ganz", warf Maren trotzig ein, die als Einzige in der Sonne lag. „Unser Geschäft geht gar nicht schlecht. Liegt vermutlich an Axels Bekanntheit."

„Und an deiner Tüchtigkeit", erwiderte Helmut galant. „Aber um auf das dirty campaigning zurückzukommen: Das Fiese daran ist ja, dass du dich im Grunde kaum wehren kannst, weil es oft nicht ganz falsch, aber eben auch nicht ganz wahr ist. Dabei ist das, was wir hier erleben, ohnehin Kindergarten. In den Vereinigten Staaten ist es bei der letzten Wahl so richtig zur Sache gegangen."

Axel

Besuch aus Brüssel

Auch wenn Axel sich der Familie gegenüber entspannt gezeigt hatte, nervte ihn der Artikel, der eine Welle von Kommentaren und Diskussionen nach sich gezogen hatte, ganz gewaltig. Er hatte sogar seinen ehemaligen Professor zurate gezogen. Aber der hatte ihm auch nichts sagen können, was er nicht schon wusste. Dabei hatte er sich nichts vorzuwerfen. Maren arbeitete verdammt hart für das bisschen Geld und dass Elena im Lotto gewonnen hatte, dafür konnte er schließlich auch nichts. Natürlich hätte er einwenden können, dass Elena schon vor Monaten eine der Wohnungen an syrische Flüchtlinge gegeben hatte, eine weitere Flüchtlingsfamilie sollte im Herbst einziehen. Die Gretchenfrage war, ob er sich auf diese Diskussion überhaupt einlassen sollte. Pia stand jedenfalls Gewehr bei Fuß und hätte für jeden der Mitbewerber jederzeit eine mindestens ebenso unangenehme Geschichte parat gehabt. Er brauchte nur ‚los‘ zu sagen. Aber das wollte er nicht. Er fand es wichtiger, mit den Wahlzielen seiner Partei zu überzeugen, und beschloss daher, vorerst nicht zu reagieren - aber das war gar nicht einfach. Nicht nur seine Parteigenossen drängten ihn zu einer Reaktion, auch die Interviewanfragen häuften sich in seiner Mailbox.

Als Pia davon Wind bekam, rief sie ihn aufgebracht an: „Bist du wahnsinnig? Uns kannst du vielleicht hinhalten, aber doch nicht die Kollegen von der Presse. Willst du sie dir zum Feind machen? Das ist politischer Selbstmord, und das weißt du!"

Ja, das wusste er. Er wusste auch, dass die besten Themen die waren, über die die Journalisten auch reden wollten. Murrend stimmte er den Interviewterminen zu.

Pia konnte so was von einem Dickkopf sein. Er fand sie ja immer noch sehr attraktiv, aber auch ziemlich anstrengend. Trotzdem war da noch ein gewisses Knistern zwischen ihnen. Apropos Knistern. Dass Maren mit diesem Achim gleich für drei Tage zu einem Seminar nach Wien fuhr, nervte ihn ebenfalls.

*

„Weißt du eigentlich, wer Mutters geheimnisvoller Gast ist?", fragte er Maren am Tag vor ihrer Abreise.

„Ich wusste gar nicht, dass sie einen geheimnisvollen Gast hat", antwortete sie im Vorbeiflattern. Sie war gerade beim Kofferpacken und daher nicht ganz bei der Sache. Vielleicht hatte sie deswegen gerade ein Cocktailkleid eingepackt.

„Wozu brauchst du denn *den* Fetzen?", fragte er so beiläufig wie möglich.

„Das ist kein Fetzen, das ist eines meiner besten Kleider."

„Willst du damit beim Seminar erscheinen?"

„Nein, aber auf dem Galaabend. Achim nimmt sogar seinen Smoking mit."

„Na dann."

Während Maren weiter einpackte, malte er sich aus, was auf so einem Seminar alle passieren konnte. Galaabend, auch das noch. Da wurde getrunken, getanzt, und dann ... Man kannte das ja.

Maren war noch nie allein weggefahren, außer einmal mit einer Freundin, und jetzt ausgerechnet mit Achim.

Um sich abzulenken, sagte er: „Ich frage mal Kerstin."

„Was denn?"

„Sag, hörst du mir überhaupt noch zu? Nach Mutters Gast natürlich."

„Schrei mich nicht so an!"

„Ich schrei ja gar nicht!"

Ausgerechnet an dieser Stelle kam Yvonne ins Zimmer: „Warum schreit ihr denn so?"

Die kam ihm gerade recht. „Apropos, mein Fräulein. Wie kommst du dazu, Fotos von mir ins Netz zu stellen? Noch dazu in der Badehose?"

„Meine Freundinnen fanden das lustig. Schließlich bist du jetzt eine Person des öffentlichen Lebens. Hast du selbst gesagt."

„Ja, eben. Genau deshalb wirst du solche Faxen in Zukunft auch unterlassen. Haben wir uns verstanden?"

Eigentlich wollte er ihr das ganz in Ruhe sagen, aber er war wohl etwas lauter geworden."

„Is' ja gut. Deshalb brauchst du mich ja nicht so anzuschreien." Im Hinausgehen schob sie noch nach: „Ich bin ja nicht taub.".

Axel atmete durch. Das passierte ihm so gut wie nie. Scheinbar war er in letzter Zeit dünnhäutiger geworden. Blöd irgendwie, denn in der Politik war genau das Gegenteil gefragt.

„Nachdem wir aufgehört haben uns anzuschreien, könnten wir vielleicht in Ruhe miteinander reden", meinte Maren.

Ja, könnten sie. Wollte er aber nicht. Worüber auch?

*

Zwei Tage später wusste Axel, wer der Gast aus Brüssel war, auch wenn er unter falschem Namen bei Elena logierte.

Elena hatte Axel angerufen und ihn gebeten vorbeizukommen. Offenbar hatte sie ihrem Gast erzählt, ihr Sohn sei ebenfalls in der Politik. Jetzt wollte der ihn kennenlernen.

„Und wer ist der Mann?", hatte Axel im Vorfeld gefragt.

„Also, ich weiß gar nicht, warum der so ein Theater um seine wahre Identität macht, ich habe den noch nie gesehen."

„Und was fehlt ihm?"

„Eine ganze Menge. Aber wenn du mich fragst, fehlt ihm vor allem jemand, der ihm zuhört."

„Und das soll ausgerechnet ich sein? Also wirklich, Elena. Ich habe zurzeit genug zu tun."

„Weiß ich doch. Du sollst ja auch nur an *einem* Abend vorbeikommen. Maren ist doch ohnehin in Wien."

„Also gut, Freitagabend, aber nicht vor acht. Kann sein, dass Yvonne mitkommt."

„Das glaube ich zwar nicht, aber es würde mich freuen", entgegnete Elena und verabschiedete sich.

*

Als Axel am Freitagabend früher als erwartet bei Elena eintraf, flüsterte die ihm zu: „Also ich weiß nicht. Je länger ich ihn anschaue, umso mehr habe ich das Gefühl, ihn doch zu kennen."

Axel erkannte den Mann sofort. Er war einer der achtundzwanzig EU-Kommissare, allerdings stand sein Ressort nicht so sehr im Blickpunkt der Öffentlichkeit.

Elena machte die beiden bekannt, verwendete allerdings augenzwinkernd den Decknamen, ehe sie in die Küche ging.

„Muss ich mir den Decknamen merken?", fragte Axel. „Ich muss gestehen, Ihr wahrer Name ist mir geläufiger."

Das schien den guten Mann zu freuen. Er lachte und wirkte dabei ganz sympathisch. „Nennen Sie mich einfach Pierre. Das ist unkomplizierter."

Elena servierte einen alkoholfreien Aperitif und bat zu Tisch.

Es gab Birnen und Avocados mit Parmesan und Balsamico, danach eine Mandelforelle mit Safranreis und Salat.

„Die Diät ist nicht schlecht", meinte Axel und griff freudig zu. Die letzten Tage hatte er hauptsächlich von Fast Food gelebt.

„Leider ändert sie sich", erklärte Elena. „Im Moment behandeln wir das Ei. Unser Gast darf also, soweit er es verträgt, alles essen außer Ei. Alkohol ist auch verboten."

„Ja, leider", knurrte Pierre. „Und das einem Franzosen."

„Immerhin bekommen Sie noch alkoholfreies Bier. Wenn wir erst beim Getreide sind, gibt's das auch nicht mehr", entgegnete Elena ungerührt.

Axel prostete ihm zu. „Na dann, auf Ihre Kur. Sie sprechen übrigens sehr gut Deutsch."

Pierre nickte huldvoll. „Ich hoffe sehr, dass sie anschlägt, meine Kur. In meinem Job ist das wirklich sehr unangenehm."

„Meine Mutter schafft das, Sie werden schon sehen", antwortete Axel, allerdings mehr aus Höflichkeit.

„Ihre Mutter schafft alles, ich weiß." Wieder so ein schelmisches Zwinkern. Das fand Axel langsam sonderbar. Elena offenbar auch. Sie fragte: „Wollen Sie mir jetzt endlich einmal verraten, für welchen Job ich Sie da fit mache und wie Sie auf uns gekommen sind?"

„Also, Ihr Sohn weiß ja nun, wer ich bin, aber wer mich an Sie bzw. Ihren Schwiegersohn verwiesen hat, bleibt vorerst noch mein Geheimnis."

„Zumindest scheinen Sie ja ganz gut über unsere Familienverhältnisse Bescheid zu wissen. Ist das nicht eigentlich unfair?", fragte Elena.

„Sie werden das Geheimnis schon noch lüften", meinte Pierre zwinkernd. Axel konnte seiner Mutter ansehen, dass ihr das gar nicht passte. Pierre brachte das Gespräch auf die Politik.

Es war lauer Abend, sie saßen auf der Terrasse. Plötzlich hörten sie, wie jemand die Gartentür aufsperrte.

„Erwartest du noch Besuch?", fragte Axel und stand auf.

„Zumindest keinen mit Schlüssel."

Axel wollte sich schon auf den Weg machen, um nachzusehen, als er Ossi erkannte.

„Je später der Abend, desto schöner die Gäste", hörte er Elena sagen. Sie schien überrascht.

„Ich war einfach neugierig, ob du deinen Gast schon erkannt hast", antwortete Ossi.

Axel sah von Ossi zu Elena und von Elena zu Pierre. Ossi und Pierre zeigten ein breites Grinsen, während Elena ein einziges Fragezeichen zu sein schien.

„Erinnerst du dich noch manchmal an Südfrankreich?", fragte Pierre. „An Pierre aus Saint Gilles?"

Langsam schien es Elena zu dämmern. „Wir haben da einen Hausbooturlaub gemacht. In Saint Gilles haben wir das Boot übernommen, von einem Deutschen, der Pierre hieß. Du bist ...? Nein, das glaub ich jetzt nicht!"

„Ist aber so! Ich bin der junge Student Pierre, der euch das Hausboot übergeben hat und dann noch bis zur ersten Schleuse mitgefahren ist, weil ihr euch das nicht zugetraut habt."

„Und wie kommst du jetzt auf uns? Warum hast du dich zuerst an Klaus gewandt, und wieso weiß Ossi davon?"

„Du weißt ja, dass ich immer wieder einmal in Südfrankreich war", antwortete Ossi. „Vor einigen Jahren haben wir uns dort wieder getroffen, purer Zufall, seither stehen wir in losem Mail-Kontakt."

„Und warum hast du mir nie davon erzählt?"

„Ich weiß auch nicht, es hat sich einfach nicht ergeben. Wir haben uns damals ja auch nur ab und zu gehört oder gesehen. Jedenfalls hätten wir uns heuer wieder treffen wollen, aber durch den Umzug wurde leider nichts daraus. Dann hat Pierre mir von seinen gesundheitlichen Problemen erzählt. Na ja, und dann ist langsam die Idee entstanden, dich zu überraschen."

„Das heißt, die ganze Sache mit dem Decknamen, die habt ihr nur mir vorgespielt?"

„Nicht ganz", antwortete Ossi mit einem Zwinkern. „Klaus war auch nicht eingeweiht, der kann so schlecht lügen."

Axel setzte sich wieder. „Also, das müsst ihr mir jetzt genauer erzählen."

Elena

Erinnerungen

Je länger sie darüber redeten, desto lebendiger wurden Elenas Erinnerungen. Fast meinte sie, wieder ganz entspannt am Ufer des Kanals zu sitzen, ein Glas Campari-Soda in der Hand, und die Sonne auf der Haut zu spüren. Waren sie je wieder so glücklich gewesen?

„Weißt du noch, wie die Stadt hieß, wo wir diese riesige Platte mit den wunderbarsten Meeresfrüchten gegessen haben?"

„Du meinst Aigues-Mortes. Oh ja, die Platte war wirklich fantastisch. Ich esse sie immer wieder, wenn ich in Südfrankreich bin, aber keine war je wieder so hervorragend wie die, die wir dort gemeinsam gegessen haben."

„Und was hat Sie in die Camargue verschlagen?", wandte sich Axel an Pierre.

„Ich habe bis zum Abitur bei meiner Mutter in München gelebt. Später habe ich einige Semester in Paris studiert und in den Ferien bei meinem Vater in Südfrankreich gearbeitet. Der vermietete Hausboote an Touristen. So habe ich Elena und Ossi kennengelernt." Dann setzte er mit einem leisen Lächeln hinzu: „Sie waren so verliebt damals."

Eine Weile blieb es still, dann sagte Pierre: „Ich wollte Ihre Frage, woher ich so gut Deutsch spreche, vorhin nicht beantworten, sonst hätte ich Elena zu viele Anhaltspunkte gegeben." Er hielt Axel die Hand hin: „Ich finde, jetzt können wir uns auch duzen."

Die Herren schüttelten einander die Hände.

„Wirklich schade, dass wir nicht darauf anstoßen können", meinte Pierre.

Elena sah auf die Uhr. „Doch, könnt ihr. Wir haben die Behandlung gestern um 20 Uhr 30 abgeschlossen, also endete deine Karenzzeit vor wenigen Minuten." Sie war ganz selbstverständlich wieder zum Du übergegangen.

Während sie ins Haus ging, um ein Glas für ihn zu holen, dachte sie, was Pierre nicht für ein sportlicher junger Mann gewesen war, schlank und braun gebrannt. Jetzt war er bestenfalls vollschlank zu nennen, seine Haut war fahl und er wirkte ausgelaugt. Nur in seinen Augen blitzte noch der gleiche Schalk wie früher.

*

Obwohl es spät geworden war, konnte Elena nicht einschlafen.

Sie spürte immer noch Ossis Atem, als er sie zum Abschied wie immer leicht auf die Wange geküsst hatte. Axel war schon eine Stunde früher gegangen, und auch Pierre hatte sich bereits in sein Zimmer zurückgezogen. Ossi hatte ihr noch geholfen, die Sachen ins Haus zu räumen.

„Was waren wir damals glücklich", hatte er zum Abschied gesagt.

„Ich erinnerte mich schon lange nicht mehr daran, schon gar nicht so intensiv wie heute", hatte sie zur Antwort gegeben und Ossi darauf: „Wirklich schade, dass wir es nicht geschafft haben – und es war meine Schuld."

„Ach was", hatte sie gesagt. „Es ist doch gut so, wie es ist."

„Ist es das?" hatte er leise gefragt, dann hatte er sie auf die Wange geküsst und war gegangen.

Verdammte Erinnerung. Das hatte der doch bewusst gemacht! Ihr erst die Erinnerung ins Haus zu holen und dann denn zerknirschten Liebhaber zu geben. Aber nicht mit Elena Prinz.

Alles war gut, so wie es war.

Und warum konnte sie jetzt nicht einschlafen?

*

Am nächsten Tag kam Helmut vorbei, um sich in einen zweiwöchigen Familienurlaub zu verabschieden. Er fuhr mit seiner Tochter und deren Familie an die Ostsee. „Vermutlich als Teilzeit-Kindermädchen", wie er augenzwinkernd sagte.

Die Reise war schon seit Monaten geplant und Elena hatte erst gedacht, das träfe sich gut, weil sie in den vier Wochen, in denen sie einen Patienten im Hause hatte, ohnehin nicht allzu viel Zeit für Helmut erübrigen konnte. Jetzt wäre es ihr irgendwie lieber gewesen, er wäre geblieben. Das sagte sie selbstverständlich nicht. Es war ja auch lächerlich.

Wovor fürchtete sie sich eigentlich? Vor der Erinnerung?

Natürlich hatte sie ihm von dem unerwarteten Zusammentreffen berichtet, und auch, dass Ossi seine Finger im Spiel gehabt hatte. Das war auch gut so, denn kaum hatte sie ihm die Geschichte erzählt, kamen Kerstin und Klaus, der ja der offizielle Vermittler des Patienten gewesen war, und Ossi kam einfach mit.

Die Kunde von Pierre, dem EU-Kommissar, der vor ziemlich genau vierzig Jahren Elena und Ossi im Umgang mit einem Hausboot unterwiesen hatte, hat schnell die Runde gemacht. Für Sonntag waren Axel und Maren angekündigt.

Elena begrüßte Ossi etwas kühler als die anderen. Nicht, dass er sich noch einbildete, er könnte die Vergangenheit wieder aufleben lassen.

Ossi tat, als würde er es nicht bemerken. Clever war er ja.

Nun kam auch Pierre. Sie hatten beschlossen, die nächste Behandlung erst am Nachmittag anzusetzen, damit Pierre noch mit ihnen zu Mittag essen konnte.

Da es in der Zwischenzeit später Vormittag war, brachte Elena Campari und Orangensaft, dazu stellte sie je zwei Schüsselchen mit Oliven und Nüssen auf den Tisch.

Ossi hielt sich erst dezent im Hintergrund, doch kaum kam das Gespräch auf Südfrankreich, gab er einige amüsante Geschichten zum Besten.

Helmut verabschiedete sich nach der zweiten, er müsse noch packen und morgen ginge es in aller Frühe los.

Wenig später servierte Elena einen schlichten, nostalgischen Mittagsimbiss, bestehend aus Baguette, Schinken, Käse, Oliven und einem Teller mit Gemüsestiften. Dazu tranken sie einen leichten Rotwein, den Klaus mitgebracht hatte.

Die Stimmung war gelöst, Elena lachte fröhlich mit und ließ es auch zu, dass Ossi seinen Arm auf ihre Schultern legte. Es fühlte sich vertraut an.

Es war schon später Nachmittag, als Kerstin und Klaus sich verabschiedeten.

„Ist deine Familie schon vollzählig in Salzburg?", fragte sie Klaus, als sie die beiden zum Auto begleitete.

„Im Moment ja. Wir wissen nur noch nicht, wie lange das so bleibt. Roland wird auf jeden Fall in Salzburg bleiben, er hat auch schon einen Schulplatz. Wie Bienchen sich entscheiden wird, steht noch in den Sternen. Wir haben sie sicherheitshalber in ihrer Schule nicht abgemeldet, und Adriane hat sie in Salzburg angemeldet."

„Das geht?"

„Bisher ist es noch keinem aufgefallen, sind ja zwei verschiedene Länder."

„Sag mal, ist ein Kind in ihrem Alter mit so einer Entscheidung nicht überfordert?"

„Vermutlich schon, aber wir haben sie ja nicht vor diese Entscheidung gestellt. Für uns war eigentlich klar, dass sie mit Adriane nach Salzburg zieht."

„Ossis Ansage, sie nach ihrer Rückkehr zu malen, hat die Sache vermutlich auch nicht besser gemacht", bemerkte Kerstin.

„Ach Mädel, die Kleine hat sich doch längst entschieden", meinte Ossi.

„Meinst du wirklich?"

Er nickte.

„Und was wünschst du dir?", wandte sich Elena noch einmal an Klaus.

„Natürlich hätte ich sie gerne bei mir, bei uns", antwortete Klaus und sandte einen liebevollen Blick zu Kerstin. „Ab September stünde auch die Tagesmutter wieder zur Verfügung. Wie Bienchen aber damit zurechtkommen würde, dass sie Adriane dann bestenfalls einmal die Woche zu Gesicht bekäme, steht in den Sternen."

*

Auch in dieser Nacht hat Elena von Südfrankreich geträumt, und auch am Sonntag kam Ossi ganz selbstverständlich mit. Elena begrüßte ihn kühl und wandte sich dann an Maren:

„Wie war Wien?"

„Fantastisch. Interessante Vorträge und ein fulminantes Rahmenprogramm. Freitagabend gab es eine Vorstellung in der Spanischen Hofreitschule, danach ein Galadinner in einem Wiener Palais – Wahnsinn. Schade nur, dass wir so wenig Zeit hatten uns umzusehen, obwohl unser Seminarhotel nur wenige Schritte von der Innenstadt entfernt war."

„Ihr hättet einen Tag anhängen sollen", meinte Elena und erntete dafür einen bösen Blick von Axel, der sich daraufhin demonstrativ Pierre zuwandte. Elena sah ihn erst erstaunt an, dann zuckte sie die Schultern und ging ins Haus, um Kaffee und Kuchen zu holen. Maren folgte ihr.

„Was hat er denn?", fragte Elena.

„Du kennst doch den Spruch: Eifersucht ist eine Leidenschaft, die mit Eifer sucht, was Leiden schafft. Er ist eifrig auf der Suche."

„Und auf wen ist er eifersüchtig? Auf die Lipizzaner oder auf den Stephansdom?"

„Auf Achim, weil er doch mit mir in Wien war. Axel hätte übrigens gerne mitkommen können, aber er hat sich ja keine Zeit genommen."

„Na gut, in Vorwahlzeiten kann ich das noch verstehen."

„Den Teil verstehe ich ja auch, den anderen allerdings weniger. Außerdem habe ich beschlossen, ab Herbst einen Master-Lehrgang zu machen. Das schmeckt ihm auch nicht."

„Hättest du ihn etwa fragen sollen?"

„Scheint so, aber ich denke nicht daran. Ich habe für die Familie auf mein Studium verzichtet, während er seinen

Doktor gemacht hat. Das war für mich in Ordnung. Aber dass er jetzt, wo wir finanziell endlich ein wenig Luft haben und Yvonne selbstständig und alt genug ist, herumzickt, weil ich einmal etwas für mich machen will, das kränkt mich schon sehr."

„Kann ich verstehen", meinte Elena. „Aber du wirst sehen, er wird sich an den Gedanken gewöhnen."

„Das wird er auch müssen", meinte Maren entschlossen, schnappte sich die Kuchenteller und stolzierte damit auf die Terrasse.

Maren

Wetterwechsel

Als Maren wieder auf die Terrasse kam, hörte sie Pierre sagen: „... Man könnte der Presse natürlich auch erst eine gezielte Information zuspielen, damit man nachher die richtigen Fragen gestellt bekommt." Axel grinste verschwörerisch.

„Waren das nicht genau die Dinge, über die er sich immer aufgeregt hat", überlegte Maren, während sie die Kuchenteller verteilte.

Zum Glück kam Elena mit Kaffee und Kuchen, sodass das Gespräch vorerst unterbrochen wurde. Später unterhielt Ossi sie wieder mit Erzählungen aus der Camargue. Unglaublich, wie viele Geschichten es da gab, aber sie hatten ja auch mehrmals dort Urlaub gemacht. Maren war noch nie in Südfrankreich gewesen, aber Ossis Erzählungen machten Lust, einmal hinzufahren.

Der Nachmittag war schwülwarm, erst gegen Abend wurde es angenehm. Elena hatte einen Nudelsalat vorbereitet. Alle griffen tüchtig zu und es war schon ziemlich spät, als sie sich endlich auf den Weg in die Nelkengasse machten.

Solang Ossi und Yvonne dabei waren, plauderten sie ganz entspannt. Kaum waren sie allein, hüllte Axel sich in

Schweigen. „Auch gut", dachte Maren trotzig – obwohl sie es gar nicht gut fand. Sie hasste Streit in der Familie.

*

Als Maren am nächsten Tag ins Büro kam, fragte Achim: „Welche Laus ist denn dir über die Leber gelaufen?"

Maren winkte ab. „Ich weiß auch nicht, ich glaube, dieser Wetterwechsel macht mir zu schaffen."

Tatsächlich waren für den Nachmittag schwere Gewitter angesagt, und Maren hatte schon jetzt das Gefühl, keine Luft zu bekommen. Das lag allerdings nicht nur am Wetter.

Offenbar raubte die schwülwarme Luft nicht nur ihr den Atem, auch die Kundenanfragen blieben an diesem Montagvormittag unter den Erwartungen. Automatisch erledigte sie die notwendigsten Arbeiten und versuchte, dabei nicht an ihren Kleinkrieg mit Axel zu denken. Heute Morgen hatte er die Wohnung verlassen, während sie im Bad war. Einfach so. Kein Kuss, kein Tschüss, nichts.

Maren wählte sich in seinen Kalender ein. Wenn nichts dazwischen kam, sollte er heute Abend eigentlich zu Hause sein. Gestern hatte sie ihm sein beleidigtes Schweigen noch durchgehen lassen, heute Abend wollte sie reden.

Plötzlich stand Achim vor ihr. „Sag, Maren, soll ich dich nicht nach Hause fahren? Du siehst ja erbärmlich aus."

„Ich fühle mich auch schlapp, aber ich kann dich hier doch nicht mit Frau Hofer alleine lassen."

„Doch, kannst du."

Achim diskutierte nicht lang. Er schnappte sich ihre Tasche, warf das Handy hinein und sagte: „Los geht's."

„Aber ich kann doch alleine ..."

„Kannst du nicht." Mit diesen Worten schob er sie zur Tür hinaus.

Während der Fahrt sprachen sie kaum, doch als Achim vor dem Haus in der Nelkengasse hielt und Maren – einen Dank murmelnd – aussteigen wollte, hielt er sie am Arm fest.

„Ich wollte dir noch etwas sagen. Ich kenn' dich nun schon etliche Jahre. Du bist eine tolle Frau und bisher wäre mir noch nicht aufgefallen, dass du besonders wetterempfindlich bist. Sollte also dein akademisch gebildeter Politmensch an deinem Zustand schuld sein, dann denk daran: *Ich* wüsste dich sehr zu schätzen." Dann ließ er sie los.

Maren starrte ihn sprachlos an.

„Und jetzt schau, dass du ins Bett kommst. Wenn ich nichts von dir höre, hole ich dich morgen früh um acht ab."

„Achim, ... ich weiß nicht, was ich sagen soll."

„Sag gar nichts. Ich habe den Konjunktiv verwendet. Wir müssen auch nicht mehr darüber reden. Mach's gut."

Dann gab er ihr einen Kuss auf die Wange, Maren stieg aus, und Achim fuhr mit quietschenden Reifen davon.

*

Der heiße Sommer hatte sich über Nacht verabschiedet, am Dienstagmorgen war es kühl und regnerisch.

Aus dem Gespräch mit Axel war gestern nichts mehr geworden, doch daran war Maren selbst schuld. Sie war viel zu verwirrt gewesen, um Grundsatzdebatten zu führen.

Sie hatte Axel am Nachmittag geschrieben, dass sie Kreislaufprobleme hätte und daher nicht einkaufen war. Daraufhin kam er kurz nach sechs mit drei Pizzen in der

Hand, nach Hause. Der Abend verlief ruhig, brisante Themen wurden ausgespart, und obwohl sie den Nachmittag verbummelt hatte, war sie früh zu Bett gegangen.

Der Gedanke, in Achim etwas anderes zu sehen als einen Freund und Geschäftspartner, war ihr nie gekommen – und das war auch keine Option. Achim schien ihr das genaue Gegenteil von Axel zu sein, er war der hemdsärmelige Pragmatiker. Intellektuelle Überlegungen fochten ihn nicht an, mit Fragen der Ethik hatte er sich bestimmt noch nie auseinandergesetzt. Aber man konnte sich auf ihn verlassen, und - was sie unbedingt an ihm schätzte – er war niemals nachtragend.

Obwohl sie nicht besonders gut geschlafen hatte, fühlte sie sich an diesem Morgen deutlich besser und bereit, die bestehenden Probleme anzugehen.

Erst schrieb sie eine SMS an Achim, Axel würde sie ins Büro bringen. Das tat er denn auch – mit seinem neuen E-Mobil.

Bevor sie ausstieg, sagte sie kurz: „Kannst du heute Abend bitte pünktlich sein? Ich glaube, wir haben Einiges zu besprechen.

„Kann ich mir nicht vorstellen", knurrte er und fuhr davon. Diese Reaktion konnte nur eines bedeuten: Er wusste, worum es ging, und er mochte das Thema nicht.

Zu Mittag besorgte sie zwei große Portionen Sushi – Achim liebte Sushi – und bat ihn in ihr Büro.

Sie hatte den Besprechungstisch nett gedeckt und ihm ein Bier hingestellt. Achim warf einen Blick auf den Tisch, dann einen auf Maren. „Ich sagte, wir müssen nicht darüber reden."

„Machen wir auch nicht, wir essen Sushi."

„Ach, hör mir doch auf mit diesen ewigen Vorwürfen. Ich kann es nicht mehr hören. Außerdem habe ich wirklich Wichtigeres zu tun", blaffte Axel.

Der Abend war von Anfang an schlecht gelaufen. Man sollte eben nicht versuchen, ein Gespräch zu erzwingen, dachte Maren, und versuchte zu retten, was zu retten war.

„Ich fürchte, du hast mich falsch verstanden. Es geht doch nicht darum, die Vergangenheit schlecht zu machen. Es geht mir nur darum, in Zukunft auch etwas für mich zu tun."

„Gemeinsam mit Achim?"

„Ich rede doch nicht von Achim, ich rede von meinem Master-Studium."

„Wie soll denn das gehen? Du bist ja jetzt schon überfordert."

„Ach ja, bin ich das?"

„Zumindest behauptest du es, wenn ich dich bitte, mich – ab und zu – zu begleiten."

„Das stimmt doch überhaupt nicht – und das weißt du auch. Ich habe dich mehr als einmal begleitet. Anders als du, denn wenn *ich* dich darum bitte, mich zu einem Immobilienevent zu begleiten, hast du niemals Zeit."

Axel machte eine ärgerliche Handbewegung. „Mach doch, was du willst."

„Ich lasse mich ohnehin nicht davon abbringen", blaffte sie zurück, um dann in deutlich sanfterem Ton hinzuzusetzen: „Ich möchte doch nur, dass du mich verstehst – und gelegentlich unterstützt."

„Unterstützt Achim dich denn nicht?"

„Doch."

„Na also, was willst du dann von mir?"

„Du bist mein Mann."

„Schön, dass du dich daran erinnerst."

Jetzt kochte Wut in ihr hoch. „*Ich* habe es nie vergessen. Bei dir wäre ich mir da nicht so sicher."

„Warum wühlst du eigentlich ständig in der Vergangenheit herum?"

„Ich? Du hast doch begonnen, mit deiner vollkommen unbegründeten Eifersucht auf Achim."

Auf eine derart differenzierte Sichtweise schien er an diesem Abend keine Lust zu haben, denn er schaltete wortlos den Fernsehapparat ein. Maren ging ebenso wortlos ins Schlafzimmer. Sie war so wütend auf ihn, dass sie ihm nicht einmal das Schreiben des Verlages gezeigt hatte. Da sie seinerzeit sämtliche Unterlagen übermittelt hatte, hielt man sie offensichtlich für seine Managerin. Für seinen Politthriller gab es schon so viele Vorbestellungen, dass sie ihn auch auf Englisch herausbringen wollten und nach weiteren Manuskripten fragten. Sie würde ihm den Brief einfach in seine Aktenmappe stecken.

Wie gut, dass Yvonne seit heute Morgen im Tenniscamp war. Zumindest musste Maren sich nicht verstellen.

Kerstin

Ein klarer Fall

„Ich wusste ja immer schon, dass mein Bruder einen Knall hat", ärgerte sich Kerstin. „Dabei erschien er mir in letzter Zeit schon fast normal. Offenbar habe ich mich getäuscht."

„Du kennst die Geschichte bisher doch nur aus Marens Sicht", warf Klaus ein.

„Die reicht mir auch. Maren war immer schon die Klügere. Gibst du mir bitte den Senf?"

Da Kerstin an diesem Abend für das Essen verantwortlich war, gab es Würstel mit Senf und Semmeln. Klaus reichte ihr das Senfglas. „Kann es sein, dass du in diesem Fall nicht ganz objektiv bist?"

„Das kann durchaus sein. Trotzdem ist Axel ein Hornochse, glaub mir, ich kenne ihn. Ausgerechnet er, der immer nur das gemacht hat, wozu er Lust hatte, beschwert sich, dass Maren – einmal – etwas macht, was ihr wichtig ist. Das ist ja zum Schießen!"

„Ich kann das natürlich nicht so genau beurteilen, finde aber dennoch, du solltest dich nicht einmischen", meinte Klaus und steckte den letzten Zipfel seines Würstels in den Mund.

„Das kann auch nur ein Mann sagen. Und wie ich mich einmischen werde! Allerdings hat es keinen Sinn, wenn ich mit ihm rede, weil er ja so was von einem ...", Kerstin suchte nach Worten.

„Hornochsen?", schlug Klaus vor.

„Hornochsen ist", führte Kerstin ihren Satz zu Ende. Dann sah sie Klaus von der Seite an. „Veräppelst du mich?"

„Niemals!"

„Dann ist's ja gut. Jedenfalls ist das ein klarer Fall für Elena. Soll sie ein ernstes Wort mit ihrem Herzbuben reden."

„Apropos klarer Fall. Adriane hat mich heute angerufen. Bienchen rechnet fest damit, dass wir sie spätestens zum Ferienende abholen und sie hier zur Schule gehen wird."

„Na dann, versuchen wir es eben."

„Du hast also nichts dagegen?"

Kerstins sah ihn verwundert an. „Natürlich nicht. Sie ist schließlich deine Tochter. Außerdem reden wir doch schon seit Wochen über kaum etwas anderes."

„Das wird eine große Umstellung für uns alle werden."

Kerstin stellte die Teller zusammen. „Davon ist auszugehen. Ich fände es übrigens klüger, sie eine Woche früher abzuholen, wegen der Eingewöhnungsphase."

„Ja, schon, aber das wird schwierig, weil die Tagesmutter erst mit Schulbeginn zur Verfügung steht."

„Ossi will sie doch ohnehin malen. Da kann er dann gleich seine pädagogischen Fähigkeiten unter Beweis stellen."

„Ich denke, das hat er schon", schmunzelte Klaus. „Das Endprodukt seiner früheren Bemühungen ist jedenfalls nicht so übel." Dann nahm er Kerstin die Teller aus der

Hand, stellte sie auf den Tisch zurück und küsste sie hingebungsvoll.

*

Elena wies auf den Bildschirm. „Findest du nicht, dass dein Bruder schon sehr staatsmännisch aussieht?" Es war ihr anzuhören, wie stolz sie auf Axel war. Das reizte Kerstin, kam ihr aber auch ganz gelegen, sie hatte ohnehin vorgehabt, mit Elena über ihn zu reden. Sie zog die Augenbrauen hoch. „Wenn man einem Esel eine Krawatte umbindet, bleibt er immer noch ein Esel."

„Na hör mal", empörte sich Elena erwartungsgemäß. „Ich finde, er macht das wirklich gut. Er ist tatsächlich mit seiner Aufgabe gewachsen."

„Mag sein, privat ist er der gleiche Trottel geblieben. Frag Maren."

Elena schaltete den Fernseher aus. Es hatte sich nur um die Aufzeichnung eines kurzen Interviews gehandelt, die Elena ihr unbedingt zeigen wollte. „Was ist denn los? Sind die beiden etwa immer noch zerstritten?"

Kerstin nickte. „Erst lässt sich mein feiner Herr Bruder jahrelang von Maren aushalten und jetzt spielt er den Eifersüchtigen."

„Also, aushalten kann man nicht sagen", entgegnete Elena. „Es stimmt schon, Maren hat überwiegend für den Familienunterhalt gesorgt, aber Axel hat sich jahrelang um Yvonne gekümmert, das muss man auch anerkennen. Außerdem sind wir doch emanzipierte Frauen. Oder etwa nicht?"

„Schon, aber scheinbar sieht Axel das nun nicht mehr ganz so. Anders ist es jedenfalls nicht zu erklären, dass er sich so gegen Marens Master-Studium wehrt. Dabei weiß er gar nicht, dass er sich auf dünnem Eis bewegt."

Jetzt schien Elena alarmiert. „Wieso?"

„Anders als dein Lieblingssohn hat ihr Geschäftspartner Achim ihr jede mögliche Unterstützung zugesagt. Außerdem scheint er ziemlich interessiert an Maren."

„Und Maren?"

„Liebt Axel, die dumme Nuss."

Elena atmete erleichtert aus. „Ich dachte, ihr seid Freundinnen?"

„Eben, deswegen ärgere ich mich ja so. Aber jetzt muss ich gehen. Biene ist noch bei Ossi."

„Na, dann ist sie ja gut aufgehoben."

Kerstin nickte. „Apropos Ossi. Was ist mit euch?"

„Was soll mit uns sein?"

„Es schien mir, als hätte euch die Erinnerung an Südfrankreich wieder irgendwie ... wie soll ich sagen ... näher gebracht."

„Da hast du dich ... irgendwie ... getäuscht."

Kerstin verkniff sich eine Bemerkung, winkte ihrer Mutter zu und ging.

Axel

Die Axt im Walde

Axel wusste auch, dass er sich wieder einmal wie die Axt im Walde benommen hatte, dazu hätte er Elenas Gardinenpredigt nicht gebraucht. Was er nicht wusste, war, wie er da wieder herauskommen sollte.

Schuld war Maren – oder zumindest die dämlichen Fotos, die sie ihm von diesem Galaabend geschickt hatte. Maren und Achim auf der Feststiege, Maren und Achim beim Galadinner – und dann auch noch beim Tanzen. Musste das sein? Sie wusste doch, wie er zu Achim stand.

Elena meinte, wäre er mit ihr gefahren, wäre er selbst mit ihr auf der Feststiege, beim Galadinner und beim Tanz gewesen.

Es stimmte ja, Maren hatte ihn mehrfach gebeten mitzukommen, aber was interessierten ihn diese Immobilienfuzzis?

Er gab ja zu, dass Maren für ihr Geld hart arbeitete, aber das hieß noch lange nicht, dass er, Axel Prinz, sich auf die Seite des Kapitals stellen musste. Auch wenn Maren immer damit argumentierte, dass die meisten Kollegen nur fremdes Vermögen verwalteten. Möglich, aber er war nun einmal der Chef einer Mitte-Links-Partei.

Und dann die Sache mit diesem Master-Studium. Wozu? Sie war doch eine exzellente Fachkraft und ihr

Immobilienbüro lief in letzter Zeit gut. Er hatte wirklich Angst, dass ihr das alles zu viel werden könnte. Okay, das hätte er möglicherweise netter sagen können. Warum hatte er sie nicht einfach in den Arm genommen?

Er stand auf, öffnete das Fenster seines Büros und blieb einen Moment in der angenehmen Spätsommersonne stehen, dann ging er langsam zurück zu seinem Schreibtisch.

Was weder Maren noch Elena wussten, war, dass er sowohl wegen Marens Beruf als auch wegen Elenas Immobilienbesitz immer noch heftig angefeindet wurde – und das nicht nur von den Linken. Angefangen hatte es mit vereinzelten dummen Bemerkungen, ob es seiner Frau nicht besser anstünde, ihre Energie in die Arbeit der Ökologische Mitte zu stecken, als Wohnungssuchenden das Geld aus der Tasche zu ziehen.

Natürlich war das ungerecht. Seit seiner Aushilfstätigkeit in ihrem Büro wusste er, dass so eine Vermittlungsprovision nicht leicht verdient und in manchen Fällen kaum kostendeckend war. Außerdem war die Chefin der Grünen auch mit einem Unternehmer verheiratet. Ihr Mann besaß mehrere Textilgeschäfte und verdiente vermutlich um einiges mehr als Maren. Aber das hatte bisher noch niemanden gestört, noch nie hatte jemand gefordert, dass er sich öfter an der Seite seiner Frau blicken lassen oder gar Werbematerial verteilen sollte. Lag der Unterschied wirklich nur in der Branche, oder erwartete die Mehrheit der Gesellschaft immer noch, dass der Mann den Ton angab und die Frau seine Ideen zu unterstützen hatte?

Herrgott, in welchem Jahrhundert lebten sie denn?

Aber es würde noch ärger kommen.

Wenn Pia recht hatte, würde die Regierungspartei noch vor der Wahl die Abschaffung der Maklerprovision für

Wohnungsmieter und -käufer fordern. Axel verstand nicht allzu viel davon, aber dass das einer Abschaffung des Berufsstandes gleichkäme, so viel verstand er immerhin.

Nie hätte er daran gedacht, dass Marens kleines Maklerbüro politisch so brisant werden könnte. Scheibenkleister.

Er stand auf, streckte seinen schmerzenden Rücken und sah auf seinen Terminkalender. Zu wissen, dass er Maren verletzt hatte, machte ihn ebenso unglücklich wie sie offenbar auch. Man brauchte sie ja nur anzusehen. Maren hatte mehr als einmal versucht, ihren Streit zu bereinigen, aber da war er noch nicht dazu bereit gewesen. Nun war es an ihm, etwas zu tun – und zwar subito.

Er warf einen Blick in seinen Kalender. Heute war keine Abendveranstaltung. Das war schon mal gut. Er entschied, früher nach Hause zu gehen. Vielleicht sollte er seine Damen zum Essen einladen, das hatte er schon lang nicht mehr gemacht.

*

Beim Italiener ums Eck wurde er neuerdings mit Namen begrüßt.

Der Kellner führte sie zu ihrem bevorzugten Ecktisch, den hatten sie früher nicht selbstverständlich bekommen. Ab und zu hatte das Politikerleben offenbar auch Vorteile.

„Wow, diese Tischtücher sind ja voll crazy", sagte Yvonne. Neue Tischtücher? Die waren ihm gar nicht aufgefallen. Doch sie hatte recht, dieser florale Wildwuchs war neu.

Der Kellner brachte die Speisekarten. Früher hatten sie einfach Pizza gegessen. Diesmal erkundigte sich Axel nach frischem Fisch, Wildfang. Der Kellner bot an, ihnen eine Fischplatte zusammenzustellen. Für zwei Personen? Maren nickte zustimmend und legte ihre Karte zur Seite. Yvonne wählte Gnocchi in Trüffelsoße und einen herbstlichen Salatteller. Die Kleine hatte sich ja schnell an das neue Leben gewöhnt. In den letzten zwei Wochen war sie übrigens fast wieder wie früher gewesen. Keine dummen Sprüche, keine pampigen Antworten, angenehm, aber ungewohnt.

Nachdem der Kellner die Getränke gebracht hatte, erhob ausgerechnet Yvonne ihr Glas und fragte: „Heißt das jetzt, ihr vertragt euch wieder?"

Das kam unerwartet. Sie hatten sich vor anderen, besonders aber vor Yvonne, doch immer sehr neutral verhalten. Sie war eben ein kluges Mädchen. Er hielt Maren sein Glas hin und fragte mit einem – wie er selbst fand – verführerischen Lächeln: „Haben wir uns etwa nicht vertragen?"

Auf Marens Gesicht schien ein Sonnenstrahl zu fallen. Sie antwortete lächelnd: „Ich kann mich nicht erinnern."

„Haltet ihr mich eigentlich für doof?", fragte Yvonne. Es hatte ziemlich aggressiv geklungen. Dann war ja alles wieder beim Alten.

Und jedem, der es hören wollte, würde er sagen, dass seine Frau machen konnte, was sie wollte. Jawohl. Wenn es ihr Freude machte, Immobilienmaklerin zu sein, dann war sie eben Immobilienmaklerin. Punkt, aus, Ende.

*

Der Wahlkampf hatte volle Fahrt aufgenommen. Jetzt gab es auch keine strategischen Allianzen mehr, jede Partei kämpfte für sich allein.

Das war gar nicht so einfach, weil sie ständig nach möglichen Koalitionspartnern gefragt wurden.

Axel wollte mit den Rechtspopulisten nichts zu tun haben, aber seine Kollegen hatten ihn beschworen, das nur ja nicht zu sagen, weil er damit unentschlossene Wähler vergrämen könnte.

Dass er mit den Ultralinken ebenfalls nichts zu tun haben wollte, durfte er auch nicht sagen, weil er damit mögliche Linkssympathisanten vergraulen würde.

„Ja, Himmelherrgott, darf ich überhaupt noch irgendetwas sagen?", donnerte er.

„Aber ja", gab Pia freundlich zurück. „Sag einfach, dass du auf der Seite der Bürger stehst."

Er sah sie fassungslos an. „Wo soll ich denn sonst stehen?"

„Sag's trotzdem. Das hören sie gerne, glaub mir."

Er nickte gottergeben und machte sich eine Notiz. So viel Blödsinn konnte der Mensch sich ja nicht merken.

Nachdem Heiner und die anderen gegangen waren, fragte Pia: „Wie geht's eigentlich mit dir und Maren weiter?"

„Was genau meinst du?"

„Denkst du, es ist mir nicht aufgefallen, dass ihr Krach hattet? Ist sie jetzt mit diesem Achim zusammen?"

„Wie kommst du denn darauf? Natürlich nicht!"

Pia warf ihm einen belustigten Blick zu. „Ich dachte nur, weil du dich neulich so über ihn aufgeregt hast. Schade eigentlich, aber das nur nebenbei. Wichtiger ist zurzeit, dass wir ein Problem mit ihrem Beruf haben."

„Du auch?"

„Natürlich nicht. Ich meine nur, dass *du* bald ein Problem haben könntest. Was ich dir jetzt sage, hast du nicht von mir. Verstanden?"

Axel nickte. Pia war immer gut informiert. Wer ihre Quellen waren, wusste er nicht, aber bisher lagen sie meist richtig.

„Es ist so gut wie sicher, dass die Roten morgen die Abschaffung der Maklerprovisionen fordern werden. Es wird allgemein erwartet, dass du dagegen sein wirst."

„Weil es Blödsinn ist! Schau, im Moment besteht die Aufgabe der Makler unter anderem darin, einen Interessensausgleich zwischen Mieter und Vermieter zu finden. Wenn die Gesetzesänderung durchgeht, steht der Makler nur noch aufseiten der Vermieter. Wo soll denn da der Gewinn der Mieter sein?"

„Das mag ja alles sein. Du sollst nur wissen, dass Heiner in einem solchen Fall deine Ablösung verlangen wird."

„Bitte wie? Das ist *meine* Partei. Ich habe sie gegründet."

„Du hast sie gegründet, mein Schatz, aber sie gehört dir nicht."

„Schon klar, aber ich bin sicher, der Vorstand und ein Großteil der Mitglieder stehen auf meiner Seite. Das haben sie doch erst bekundet, als wir uns entschlossen haben, in den Bundeswahlkampf einzutreten."

„Das sagen sie dir, aber wenn sie mit Heiner ein Glas getrunken haben, bekommst du etwas ganz anderes zu hören."

„Das kann doch alles nicht wahr sein."

„Ist es aber." Dann drückte sie ihm einen Kuss auf die Wange und verließ sein Büro.

Elena

Ilona kommt zurück

Es war ein prächtiger Tag Ende September, als Ilona anrief und ihr Kommen für Mitte Oktober ankündigte. Vorausgesetzt, dass Elena einverstanden war. Doch, war sie. Ilona passte sogar ganz hervorragend in ihre Pläne.

Aber erst musste sie das kommende Wochenende überstehen – am Sonntag war Wahltag.

Elena sagte sich zum wiederholten Male, dass es weder für sie, noch für Axel, und schon gar nicht für seine Familie irgend einen Nachteil mit sich brächte, sollte die Ökologische Mitte den Sprung in den Bundestag nicht schaffen. Dennoch war sie nervöser als je zuvor.

Um sich ein wenig abzulenken, hatte sie Henriette, Helmut und sogar Ossi eingeladen, sich mit ihr gemeinsam die Wahlsendung anzusehen.

„Gleich beide Herren?", hatte Henriette am Telefon scharf gefragt.

„Jawohl", antwortete Elena. „Die beiden müssen endlich lernen, miteinander auszukommen."

„Und du meinst, Ossi wird das so einfach akzeptieren? Ohne weitere Tricks?"

„Du meinst die Sommergeschichte mit Pierre? Das war ein netter Versuch, aber eben nur ein Versuch."

Bei sich dachte Elena: „Immerhin einer, der mir einige schlaflose Nächte beschert hat. Aber auch die Einsicht, dass die Vergangenheit vor allem eines ist: vergangen."

„Bist du sicher, dass Helmut das auch so sieht?", fragte Henriette.

Nein, das war sie nicht. Deswegen musste sie ja handeln. „Helmut kann doch wohl nicht annehmen, dass ich ihn weiterhin einladen würde, wenn ich wieder mit Ossi zusammen wäre."

„Ich weiß nicht, was Helmut sich denkt, aber ich weiß, dass man bei Ossi nie sicher sein kann, was er im Schilde führt", konterte Henriette.

„Vielleicht sieht Helmut das genauso?", überlegte Elena, sagte aber lachend: „Da tust du Ossi eindeutig zu viel Ehre an. Außerdem wird er diesen Sonntag abgelenkt sein, Klaus und Kerstin bringen Biene vorbei. Sie selbst werden mit Maren und Yvonne ins Wahlstudio fahren. Habe ich dir eigentlich schon erzählt, dass Ilona wieder kommt?"

„Ist das diese ungarische Patientin, die auf Ossi so abgefahren ist?"

„Dieselbe."

„Und jetzt willst du die beiden verkuppeln, oder wie?"

„Wir sind ein gastliches Haus. In unserem All-inclusive-Paket wird sogar für den Kurschatten gesorgt. Sollte Klaus seine Idee mit der Reha-Klinik wahr machen, könnten wir das in unsere Werbelinie aufnehmen. Wenn das kein Alleinstellungsmerkmal ist, dann weiß ich auch nicht."

Nachdem sie das Telefonat beendet hatte, überlegte Elena zum wiederholten Male, wie sie Klaus' Reha-Klinik-Projekt besser unterstützen konnte. Seine Idee des Crowdfundings hatte nicht annähernd so viel Kapital eingebracht wie sie brauchen würden, um eine entsprechende Immobilie anzukaufen. Genau genommen reichte es nicht einmal für die Anzahlung – und ihr Geld steckte in der Nelkengasse.

*

Als sich Elena am Wahlsonntag auf den Weg ins nahegelegene Wahllokal gemacht hatte, um ihre Stimme abzugeben, war es noch angenehm sonnig gewesen, doch im Laufe des Tages trübte es sich ein, am Nachmittag begann es zu regnen.

„Wenn das nur kein schlechtes Zeichen ist", dachte Elena und schalt sich im gleichen Moment eine dumme Kuh. Das Wetter war schließlich für alle gleich – und irgendjemand würde der Wahlsieger sein. Obwohl es manchmal an einem Wahlabend ja gleich mehrere Sieger gab.

Die Meinungsforscher hatten der ÖM im Vorfeld Rosen gestreut, einige sahen sie sogar bei zehn Prozent. Ihr Bub!

Axel war in den letzten Tagen ziemlich euphorisch gewesen. Hoffentlich hielten die Ergebnisse, was die Umfragen versprachen – und wenn nicht? Wie würde er eine solche Niederlage verkraften?

Um sich abzulenken, hatte sie den ganzen Tag gekocht, nun ordnete sie die faschierten Bällchen, den Zwiebelsenf, ihre Apfel-Zwiebeltarte und die marinierten Pilze auf der Anrichte an, dekorierte mit ein paar Kastanien und einigen Zierkürbissen und fand, dass es gut aussah.

Kaum hatte sie sich umgezogen, kam Ossi mit Biene.

„Sind wir zu früh?", fragte er scheinheilig. Ossi konnte nicht pünktlich sein. Entweder er kam zu früh, oder er kam zu spät. Das war nichts Neues. Diesmal vermutete Elena allerdings, dass er sich einen gewissen Startvorteil verschaffen wollte – doch das war nur eine - möglicherweise bösartige - Vermutung, und da er sich so nett mit Biene beschäftigte, hielt Elena den Mund.

Sobald auch Henriette und Helmut eingetroffen waren, tranken sie einen Schluck Prosecco, stärkten sich am Buffet und saßen pünktlich zu Beginn der Wahlsondersendung vor dem Fernsehapparat.

Die erste Hochrechnung ließ sie jubeln – danach hätte Axels Ökologische Mitte den Einzug in den Bundestag mit nahezu sieben Prozent der Stimmen geschafft. Aber noch betrug die Schwankungsbreite 2,5 Prozent, war daher zu groß, um zu feiern.

Die Zeit bis zur nächsten Hochrechnung füllten die Damen mit eifrigem Geplauder, die Herren mit beredtem Schweigen. Ossi tippte wieder einmal auf seinem Handy herum.

Bienchen spielte ganz versunken mit Axels alten Bausteinen, die Elena schon vor Wochen vom Dachboden geholt hatte. Das schien ihr mehr Spaß zu machen als ihre zahlreichen Puppen.

Bei der nächsten Hochrechnung hatte die Ökologische Mitte zwar einen halben Prozentpunkt verloren, lag aber immer noch gut im Rennen. Die Spannung stieg. Jetzt war auch Elena nicht mehr nach Reden zumute, sie hielt ihren Blick auf den Bildschirm gerichtet, bekam aber kaum mit, was dort gesprochen wurde. Nach einer weiteren halben Stunde kam endlich das vorläufige Endergebnis, wonach Axels Partei mit sechs Prozent der Stimmen zwar in den Bundestag einziehen würde, aber doch unter den Erwartungen geblieben war.

Ossi füllte ihre Sektgläser. Biene bekam auch eines, allerdings mit Apfelsaft.

„Ist Onkel Axel jetzt sehr berühmt?"

„Ich glaube schon", entgegnete Elena lächelnd.

*

Ilona war immer noch schlank, wirkte aber nicht mehr so fragil wie bei ihrem ersten Aufenthalt. Diesmal kam sie mit ihrem eigenen Wagen. Ihr üppiges rotes Haar flatterte im Wind, als sie aus dem Auto stieg und Elena zuwinkte.

Elena kam ihr entgegen. Sie begrüßten sich wie zwei alte Freundinnen. „Komm herein. Heute Abend machen wir es uns noch einmal so richtig gemütlich, bevor wir morgen mit der Behandlung beginnen."

„Das habe ich gehofft", antwortete Ilona lächelnd.

Diesmal hatten sie sich im Vorfeld einen ungefähren Therapieplan zurechtgelegt. Ganz genau konnte man ja leider nie sagen, wie rasch eine Behandlung anschlagen würde. Morgen wollten sie mit Knoblauch und Zwiebeln beginnen. Das stellte Elenas Speiseplan vor keine allzu großen Probleme. Ohne Knoblauch und Zwiebeln konnte man eine ganze Menge köstlicher Gerichte machen. Für morgen hatte sie nämlich Ossi eingeladen – aber das blieb vorerst ihr Geheimnis.

Axel

Scheinmoral

Axels Büro zierte ein gerahmtes Kalenderblatt, auf dem zu lesen war:

Moralische Entrüstung ist der Heiligenschein der Scheinheiligen (Helmut Qualtinger)

Wie wahr, hatte er schon damals gedacht, als er den Spruch gelesen, ausgeschnitten und an die Wand gehängt hatte.

Doch wie wahr der Spruch tatsächlich war, hatte er eben erfahren müssen. Heute war eingetreten, was Pia ihm schon vor der Wahl prophezeit hatte.

Sie hatte ja schon vor Wochen vermutet, dass Heiner ihn ablösen wollte, sollte er sich nicht für die Abschaffung der Maklerprovision einsetzen. Axel hatte das nicht besonders ernst genommen. So knapp vor der Wahl wäre es kein kluger Schachzug gewesen, den Spitzenkandidaten auszutauschen. Das hatte Heiner auch gewusst.

Doch nun tat sich für Axel eine ganz andere Zwickmühle auf. Das Wahlergebnis hatte sie zu einem möglichen Koalitionspartner gemacht und die Sozialisten würden gemeinsam mit ihnen eine Regierung bilden, vorausgesetzt, die ÖM stimmte der Abschaffung der Maklergebühr zu.

„Ich kann mir also aussuchen, ob ich meine Ehe oder meine politische Kariere beende", hatte Axel zu Pia gesagt.

„Du glaubst allen Ernstes, Maren würde sich scheiden lassen?"

Axel seufzte. „Nein, würde sie nicht. Trotzdem ist es Schwachsinn. Was meinst du, was auf dem Wohnungsmarkt los ist, wenn wir die Makler ausschalten?"

Pia winkte ab. „Maren hat mir bereits erklärt, dass diese Aktion nur sozial ausschaut. Tatsächlich wären die Mieter im direkten Kontakt mit den Vermietern die Verlierer. Verstehe ich, aber es ist politisch opportun – und es bringt uns in die Regierung."

„Und was meinst du, was dann erst los sein wird? Wir machen uns zu deren Spielball. Nein, ohne mich. Wir sind schon bisher mehr Kompromisse eingegangen, als gut für uns war. Wirst du weitermachen, falls Heiner den Laden übernimmt?"

„Du willst es darauf ankommen lassen?"

„Unbedingt. Also: Wirst du?"

„Ich glaube nicht, dass ich mir das antue. Man munkelt, die Idee, die Maklergebühren abzuschaffen, kam ursprünglich gar nicht von den Sozialisten. Sie kam von Heiner. Er wusste natürlich, dass du damit ein Problem haben wirst."

„Er hat es also darauf angelegt", murmelte Axel. Da hatte sein Schwiegervater wohl recht gehabt: Heiner verstand sich ebenso auf Finanzen wie auf innerparteiliche Grabenkämpfe.

„Ich habe ja nichts gegen ein paar kleine Tricks", sagte Pia, „aber das, was Heiner da abzieht, ist mir echt zu dreckig. Es tut mir wirklich leid, dass ich uns den angetan habe."

Eine Weile herrschte Schweigen, plötzlich kicherte sie: „Und ausgerechnet seinetwegen haben wir uns auch noch dieses ausgesprochen dämliche Theaterstück angesehen."

*

Axel war davon ausgegangen, dass Maren in Begeisterungsstürme ausbrechen würde, wenn er ihr sagte, dass er die Ökologische Mitte möglicherweise abgeben müsste, unter anderem weil er sich für ihre Maklerprovisionen einsetzte. Doch jetzt stand sie vor ihm, die Hände in die Hüften gestützt, und sagte: „Das Ganze ist also ein abgekartetes Spiel? Das wirst du dir hoffentlich nicht gefallen lassen!"

„Das werden die Parteigremien zu entscheiden haben."

„Das klingt, als hätte ich es schon mal gehört. Sagen das nicht alle, kurz bevor sie abtreten?"

„Möglich."

„Und was willst du tun, wenn sie sich gegen dich entscheiden?"

„Dann schreibe ich eine Fortsetzung meines Politthrillers. An Stoff würde es mir diesmal nicht mangeln. Da könnten sich Heiner und seine Komplizen schon mal warm anziehen. Diesmal würde der Verlag sogar einen Vorschuss zahlen. Außerdem möchte ich mit unserer Online-Zeitung gerne weitermachen. Sie wirft bereits einen bescheidenen Gewinn ab."

„Und das geht?"

„Ich bin offiziell nach wie vor der Herausgeber, nicht die ÖM. Heiner wollte das so, aus finanztechnischen Gründen, hat er gesagt. Außerdem ist die Zeitung so neutral und vielfältig, dass ohnehin die Wenigsten sie mit unserer Partei in Verbindung gebracht haben. Vielleicht könnte ich die ehemalige Waschküche zu einem kleinen Büro ausbauen, was meinst du?"

„Soll das heißen, du willst Heiner die Partei kampflos überlassen?"

„Nein, aber ich werde auf keinen Fall weitere Zugeständnisse machen. Mir ist nämlich eingefallen, dass ich einmal Grundsätze hatte – erinnerst du dich?"

Dann setzte er mit einem schelmischen Grinsen hinzu: „Außerdem ist meine charmante Gattin Immobilienmaklerin, das kann ich ihr nicht antun."

Maren hatte unüblich lang geschwiegen, nun kam sie einen Schritt näher und lächelte ihn liebevoll an. „Das ist wirklich lieb von dir, ich weiß das auch zu schätzen. Aber wenn euer Verzicht dazu führt, dass die Roten mit den Grünen koalieren, ist das für unseren Berufsstand um kein Haar besser. Also, meinetwegen musst du das nicht machen."

Dann zog sie ihn zu sich heran und begann langsam, sein Hemd aufzuknöpfen.

Kerstin

Von Mönchen und Mäusen

„Das sähe meinem Bruder ja wieder einmal ähnlich, bei der ersten Schwierigkeit die Flinte ins Korn zu werfen."

„Diesmal tust du ihm unrecht. Er will sich nur selbst treu bleiben, und er hat eben eine genaue Vorstellung davon, wie er Politik machen will", entgegnete Maren.

Kerstin sah auf die Uhr. „Ich weiß – ohne Kompromisse. Aber das funktioniert dummerweise nur in einer Diktatur. Könnten wir das Thema vielleicht am Abend vertiefen? Ich muss gleich zu einem Termin, nachher hole ich Biene ab. Wir zwei sind heute Abend übrigens alleine. Klaus ist mit Elena auf einer Fortbildung. Kommst du zu uns in den ersten Stock?"

„Ja, gerne. Axel kommt sicher nicht vor zehn. Passt es dir so gegen acht?"

„Etwas früher wäre mir lieber, denn Biene geht sicher nicht zu Bett, bevor sie dich gesehen hat."

„Halb acht?"

„Wunderbar. Also dann, bis später."

Kerstin warf das Handy in ihre große Umhängetasche, schnappte sich den Autoschlüssel und machte sich im Laufschritt auf den Weg zum Gericht.

*

Beim Nachhausekommen stießen Kerstin und Biene mit Ossi zusammen. Er war in Begleitung einer ziemlich rassigen Rothaarigen. „Wer ist denn die schon wieder", überlegte Kerstin, während sie einen Gruß murmelte und an ihm vorbeieilen wollte. Aber so ging das natürlich nicht, nicht mit Biene.

„Opa Ossi", jubelte die Kleine und warf sich förmlich in seine Arme.

„Da ist ja mein kleines Mäuselchen!"

Ossi wandte sich an seine Begleitung: „Darf ich vorstellen, das hier ist das Original des bezauberndsten Porträts, das ich je gemalt habe. Die Dame dahinter, die an uns vorbeieilen wollte, ist übrigens meine Tochter Kerstin."

„Wir kennen uns doch von Elena", sagte Ilona mit unverkennbar ungarischem Akzent zu Biene, ehe sie Kerstin zunickte. „Wir kennen uns auch."

Jetzt wusste auch Kerstin Bescheid. Ihr Vater poussierte mit Elenas Hausgast und Patientin. Das sah ihm wieder ähnlich. Sie nickte der Rothaarigen huldvoll zu. „Komm Biene, wir haben noch zu tun, bevor Maren kommt."

„Maren ist meine Schwiegertochter", erklärte Ossi. „Die, die mein Haus im Waldgau so rasch und vorteilhaft verkauft hat. Da kommt sie gerade."

„Was geht denn hier ab? Stiegenhausparty?", fragte Maren, die eben zur Haustür hereingekommen war.

„Eigentlich nicht, aber die Idee ist gut. Wollt ihr nicht auf einen Drink zu mir kommen? Ich möchte Ilona meine bescheidene Hütte zeigen."

Da alle anderen das für eine gute Idee hielten, blieb Kerstin nichts anderes übrig als zu sagen „Aber nur auf ein Glas" und ihnen zum „Hofhaus" zu folgen, wie Ossi es in der Zwischenzeit getauft hatte.

„Mein Vater lässt doch wirklich nichts anbrennen. Kaum sieht er ein weibliches Wesen, schon ist er hinter ihm her", sagte Kerstin und schob den Vorhang ein klein wenig zur Seite. „Du, ich glaube, die ist noch immer bei ihm."

„Lass sie doch", lächelte Maren nachsichtig. „Du hast doch gehört, Elena ist mit Helmut im Theater. Dein Vater ist schließlich kein Mönch."

„Aber diese Ilona passt doch gar nicht zu ihm."

„Wieso meinst du? Wir kennen sie doch kaum."

Kerstin verließ ihren Spähplatz am Fenster und ließ sich neben Maren auf dem Sofa nieder. Doch kaum hatte sie es sich bequem gemacht, hörte sie Biene aus ihrem Zimmer kommen.

„Was machst du hier?", fragte Kerstin streng.

„Ich habe Durst."

„Das ist ja einmal ganz etwas Neues. Nimm dir ein Glas Wasser, aber dann ab ins Bett."

„Kann ich Himbeersaft ...?"

„Nicht einmal dran denken."

„Na gut", seufzte die Kleine und machte sich auf den Weg in die Küche. Auf dem Rückweg blieb sie vor dem Sofa stehen. „Ist Tante Ilona jetzt Opa Ossis Freundin?"

„Das kommt darauf an, was man darunter versteht", antwortete Kerstin. Noch während sie sprach, erkannte sie, dass die Kleine mit dieser Antwort vermutlich nicht viel anfangen können würde, und sandte einen hilfesuchenden Blick zu Maren, die auch prompt einsprang. „Kerstin meint, es gibt Freunde und besonders enge Freunde. Da die beiden sich noch nicht lange kennen, würde ich meinen, sie sind einfach Freunde."

Biene schien darüber nachzudenken. „Aber sie könnten auch noch enge Freunde werden?"

„Das wäre möglich", bestätigte Maren und Kerstin sagte: „Nachdem wir das nun geklärt haben, gehst du wieder zu Bett. Gute Nacht!"

*

„Was genau essen wir da?", fragte Klaus am nächsten Abend mit nachsichtigem Lächeln.

„Zander in Kapernsoße", entgegnete Kerstin.

„Ist das der Zander, den ich heute Mittag vom Markt gebracht habe?"

Kerstin fand die Frage reichlich überflüssig. Dementsprechend spitz antwortete sie: „Exakt. Wärst du früher gekommen, hättest du ihn dir selber braten können."

„Schmeckt doch gut", kam Biene ihr zu Hilfe. Kerstin schenkte ihr ein dankbares Lächeln. In puncto Essen war Biene ein ganz erstaunliches Kind, sie mochte eigentlich alles. Klaus meinte, das läge daran, dass Adriane nie diese typischen Kindergerichte wie Fischstäbchen und Co. gekocht hatte. Na, dann hatte sie wohl nicht alles falsch gemacht.

„Stimmt, die Soße ist ganz hervorragend", beeilte sich nun auch Klaus zu sagen.

„Überheb dich nicht", murmelte Kerstin. Sie wusste ja selbst, dass ihr der Fisch ein wenig trocken geraten war. Aber die Soße war fett genug und der Reis auch nicht so schlecht.

Nachdem Klaus Biene zu Bett gebracht und Kerstin die Küche wieder in den vorherigen Zustand versetzt hatte, kam er mit einer Flasche Champagner ins Wohnzimmer.

„Haben wir etwas zu feiern?"

Klaus nahm zwei Sektkelche aus dem Schrank und antwortete geheimnisvoll: „Weiß ich noch nicht, aber ich möchte auf alles vorbereitet sein."

Dann setzte er sich neben Kerstin aufs Sofa. „Ich finde, wir drei machen das sehr gut."

Irgendetwas in Kerstin begann nervös zu flattern, dennoch antwortete sie in gewohnter Manier: „Und ich finde, du sprichst in Rätseln."

Er grinste. „Man möchte in einem solchen Augenblick eben keinen Fehler machen."

„Hast du keine Angst, dass der Champagner warm wird, wenn du so lange herumfaselst?"

Sein Grinsen wurde zu einem Lächeln, zu seinem sehr warmen Lächeln. Das Flattern in ihr wurde heftiger.

„Liebste Kerstin, würdest du mich - unter Umständen - heiraten?"

Sie strahlte ihn an: „Unter welchen Umständen?"

Er rückte näher: „Ich bin seit heute geschieden. Möchtest du meine Frau werden?"

„Du hast's aber eilig."

Er rückte noch näher, schüttelte mit einem leisen Lächeln den Kopf, murmelte: „Kannst du nicht einfach nur ja sagen?", und nahm sie in den Arm.

Zwischen zwei Küssen flüsterte sie: „Aber ich sag' doch ja!"

Elena

Pläne

„Endlich einmal eine gute Nachricht", freute sich Elena, als sie von der bevorstehenden Hochzeit hörte. „Wisst ihr schon, wie ihr das angehen wollt?"

„Ganz einfach. Wir gehen zum Standesamt, bestellen ein Aufgebot, sagen am fraglichen Tag ‚ja' – und schon sind wir verheiratet", antwortete Kerstin.

Elena verdrehte die Augen. „Und sonst?"

„Ich nehme an, dass es danach eine kleine Feier geben sollte."

Elena liebte Familienfeste, dennoch versuchte sie, sich zurückzuhalten. Das hier war nicht ihre Hochzeit. Deshalb fragte sie so beiläufig wie nur möglich: „Habt ihr schon eine genauere Vorstellung?"

„Wir haben ja noch nicht einmal einen Termin. Biene haben wir auch noch nichts gesagt. Außerdem wollen wir davor noch unser Wohnungsproblem lösen. Heute Abend reden wir mit Maren darüber. Schon praktisch, wenn man die Verwandtschaft im Haus und eine Maklerin in der Verwandtschaft hat."

„Ihr könntet doch deine ehemalige Kanzlei mit der Wohnung, in der Klaus eh schon wohnt, zusammenlegen."

„Das wäre eine Möglichkeit, aber Klaus hätte lieber etwas mit Garten."

„Ihr zwei und Garten? Ihr könnt doch eine Blumenzwiebel nicht von einer Gemüsezwiebel unterscheiden."

„Klaus schon."

„Stimmt, aber auch nur, weil er die Gemüsezwiebel kennt. Vom ‚Garteln' habt ihr beide keine Ahnung. Das ist übrigens eine Menge Arbeit."

„Ich finde ja auch, eine Terrasse würde genügen. Außerdem müsste ich für ein Haus mindestens eine der beiden Wohnungen verkaufen, die du mir geschenkt hast. Würde dich das stören?"

Elena überlegte. „Prinzipiell gehören sie dir und du kannst darüber frei verfügen. Allerdings habe ich da so eine Vision."

„Du hast Visionen? Klingt ja gefährlich."

„Ich glaube nicht, dass meine Visionen gefährlich sind, aber ein bisschen Mut wäre dafür schon notwendig."

Kerstin zupfte eine Traube aus der Obstschale und schob sie in den Mund. „Jetzt mach's halt nicht so spannend."

Elena überlegte. Sie hatte bisher noch mit niemanden über ihre neueste Idee gesprochen. Dann holte sie tief Luft:

„Ich habe mir überlegt, wie es wäre, aus der Nelkengasse so eine Art Familienhaus zu machen?"

„Du meinst, wir sollten *alle* dort wohnen?"

Das klang nach Entsetzen.

„Warum nicht? Axel, Maren, Yvonne und Ossi wohnen ohnehin schon dort. Klaus und du im Moment ebenfalls, wenn auch vorerst nur als Notlösung. Ich meine, wenn ich schon so ein Riesenglück hatte mit dem Lottogewinn, Maren dieses Haus gefunden hat, in dem laufend Wohnungen frei werden, dann ist das doch wie ein Wink des Schicksals."

„Sag jetzt nicht, du glaubst an Schicksal."

„Mal mehr, mal weniger. Aber - was hältst du von folgendem Vorschlag? An einem der kommenden Wochenenden setzen wir uns alle zusammen und überlegen, welche Möglichkeiten es gäbe und wo die Vor- und Nachteile lägen."

Je länger Elena darüber sprach, desto besser gefiel ihr ihre eigene Idee, und Kerstin hatte zumindest nichts gegen das Familientreffen eingewendet. Das war doch ein Anfang!

Bevor Kerstin ging, sagte Elena: „Eine Bitte: Könntest du die Sache mit dem Familienhaus vorerst noch für dich behalten?"

„Ist das nicht ein bisschen kindisch?"

„Möglich, aber ich möchte es den anderen mit meinen Worten sagen."

„Ich soll niemanden etwas sagen? Auch nicht Klaus?"

„Auch nicht Klaus, dem schon gar nicht."

„Weil er nicht zur Familie gehört?", fragte Kerstin spitz.

„Ganz im Gegenteil", antwortete Elena. „Aber wenn die Sache klappt, dann habe ich noch eine weitere Idee, über die ich aber noch nicht sprechen möchte."

Kerstin zuckte die Schultern. „Von mir aus, aber dann mach schnell."

*

Kaum war Kerstin gegangen, verschickte Elena einen Doodle-Kalender an Axel, Maren, Helmut, Klaus, Kerstin und Ossi.

Axel hatte auch gleich geantwortet, weiter schrieb er:

„Morgen ist High Noon. Mache mich bereit für die finale Schießerei im Saloon"

„Wenn Axel sich hinter derartigen Metaphern verschanzt, ist Feuer auf dem Dach", dachte Elena. Es klang nicht so, als wäre die Mehrheit der Parteikollegen auf seiner Seite.

„Was willst du unternehmen?"

„Lade gerade meine Pistolen ;-)"

„Ich meinte, außer fade Witze zu reißen?"

Darauf antwortete er vorerst nicht mehr. Ob er keine Zeit oder keine Lust hatte, wusste Elena nicht. Egal, sie konnte ihm doch nicht helfen.

Um sich abzulenken, überlegte sie, was sie heute kochen konnte. Ilona hatte Vitamin-C-Karenz, durfte also nichts essen, was Vitamin C enthielt. Da blieb nicht viel Auswahl. Sie würde Grillhuhn mit Reis machen. Sie waren ohnehin nur zu zweit, Ossi war seit Tagen nicht zum Abendessen gekommen.

Die Sache entwickelte sich leider nicht ganz nach Elenas Vorstellungen. Seit Ilona wieder im Haus war, hatte Elena Ossi mehrfach eingeladen. Er war auch gekommen, hatte Ilona einmal zu einem Gegenbesuch abgeholt, war einmal mir ihr im Stadtwald gewesen, aber insgesamt hatte Elena das Gefühl, dass von der gegenseitigen Begeisterung, die im Frühjahr so offensichtlich gewesen war, nicht viel geblieben war. Hatte Ilona sich in der Zwischenzeit in einen anderen verliebt, oder war Ossi auf die Bremse gestiegen?

Schade eigentlich. Sie hatte sich jedenfalls vorgenommen, keine weiteren Verkupplungsversuche zu unternehmen, schließlich waren die beiden alt genug, um zu wissen, was gut für sie war.

Schade war es trotzdem.

Ilona blieb noch bis Mitte November. Wenn es Elena gelang, das Familientreffen – sie hatte es als Ganslessen angekündigt – schon in den nächsten Tagen anzusetzen …

„Schluss jetzt", sagte Elena laut zu sich selbst.

Ob Kerstin sich an ihr Versprechen gehalten hatte? Und Maren?

Maren

Gansl mit Kraut

Wenn Maren über Elenas Bitte auch erstaunt war, machte ihr die Arbeit an der Grobplanung eines weiteren Dachausbaus in der Nelkengasse doch große Freude. Sie hatte schon lang nichts mehr geplant, von einem Dachbodenausbau ganz zu schweigen. Was Elena wohl vorhatte?

Maren hätte gern darüber geredet, aber erstens hatte sie Elena versprochen, es nicht zu tun, zweitens war Axel sowieso nicht zu Hause, und Yvonne schmollte drittens in ihrem Zimmer.

Egal was Maren tat oder sagte, Yvonne schien es für falsch zu halten. Dass man als Mutter einer pubertierenden Tochter kein einfaches Leben hatte und schnell mal peinlich war, hatte sie natürlich gewusst, aber ganz so schlimm hat sie sich die Sache doch nicht vorgestellt.

Was war so verwerflich an der Frage, ob sie für die morgige Englisch-Schularbeit ausreichend vorbereitet war? Axels Fragen schienen weder peinlich noch aufregend zu sein. Mit ihm unterhielt Yvonne sich beinah normal – was auch daran liegen mochte, dass er seit der Wahl noch seltener zu Hause war.

Das Leben an der Seite eines Politikers war nicht einfach – zumal noch immer nicht sicher war, ob er weitermachen würde. Die Sitzung, die Axel im Vorfeld als High Noon bezeichnet hatte, hat keine Entscheidung gebracht. Frei nach dem Motto: Angekündigte Revolutionen finden nicht statt.

Axel war hin- und hergerissen zwischen dem Wunsch, etwas zur Veränderung im Land beizutragen und seiner kompromisslosen Haltung in Sachen Maklerprovision. Dabei ging es längst nicht mehr um Marens Büro. Die Frage war zum Symbol eines Richtungsstreites geworden, der lautete: Wie viel Populismus darf sein?

Eben kam Yvonne aus ihrem Zimmer. Sie machte ein Gesicht wie sieben Tage Regenwetter und durchquerte wortlos den Wohnraum in Richtung Bad. Maren hätte sie ebenso gern geschüttelt wie in den Arm genommen. Sie unterließ beides und wandte sich wieder ihrer Planung zu.

*

Diesem Familiensonntag sah Maren mit einer gewissen Spannung entgegen.

„Wozu nimmst du denn dein Notebook mit?", fragte Yvonne.

„Sicherheitshalber", antwortete Maren so beiläufig wie möglich. Natürlich trug ihr das einen Blick ein, der in etwa sagen wollte: Ich wusste es immer, meine Mutter tickt nicht richtig. Da Yvonne zumindest nichts Derartiges aussprach, konnte es ja losgehen.

Elena erwartete sie mit ihrem neuesten Hausaperitif und natürlich war Axels Ökologische Mitte das Gesprächsthema Nummer eins.

„Für mich wäre das kein Leben", meinte Ossi. „In der Politik gibt es für meinem Geschmack zu viel Unehrlichkeit."

„Die gibt es in anderen Bereich des Lebens doch auch. Wenn ich da an so manche Zeugenaussagen denke, und die werden auch noch unter Wahrheitspflicht gemacht", gab Kerstin zu bedenken. Dann setzte sie mit einem Blick auf Ossi noch hinzu: „Ganz abgesehen von den Lügen, die mancher seinem Partner zumutet."

Maren hielt Ossis Verfehlungen für verjährt, auch wenn sie noch keine 30 Jahre zurücklagen, wie Kerstin letztens angemerkt hatte, und fragte rasch: „Wo ist denn Biene?"

„Wir haben sie am Freitag nach Salzburg gebracht. Adriane bringt sie morgen Früh direkt zur Schule."

„Ich stelle mir das nicht einfach vor für die Kleine."

„Ist es auch nicht, aber was sollen wir machen? Biene will es so haben", antwortete Klaus.

Dann bat Elena zu Tisch.

Es gab erst eine Ganslsuppe und danach Gans und Ente mit Rotkraut und Knödeln. Alle langten tüchtig zu, sogar Kerstin. Maren war kein besonderer Fan des deftigen Geflügels, fand aber, es schmeckte nicht schlecht. Als sie Elena beim Abräumen half, raunte sie ihr zu: „Wann wollen wir unsere Überlegungen denn präsentieren?"

„Damit warten wir bis zum Kaffee", flüsterte Elena.

*

Endlich sagte Elena: „Zum Kaffee habe ich einerseits einen Obstkuchen anzubieten, anderseits hat Maren etwas für euch vorbereitet. Ich schlage vor, ich bringe erst den Kuchen, dann ist Maren an der Reihe."

„Kann man Marens Überraschung auch essen?", wollte Klaus wissen.

„Leider nein, da musst du dich an den Kuchen halten", beschied ihn Maren. Der würde Augen machen.

Endlich waren alle versorgt und alle Augen auf Maren gerichtet.

Die öffnete ihr Notebook und sah in die Runde. „Wie ihr wisst, handelt es sich bei der Nelkengasse um einen sogenannten H-Trakter."

„Nie gehört", murmelte Ossi und Yvonne fragte: „Was soll das sein?".

„Das heißt, das Haus verfügt über einen Vordertrakt und einen Hintertrakt. Nicht zu verwechseln mit Ossis Hofgebäude. Die beiden Trakte sind durch das Stiegenhaus verbunden. Es handelt sich also um ein Gebäude, bestehend aus zwei Trakten."

„Wozu erzählst du uns das", wollte Yvonne wissen. Es klang, als wäre ihr das, was Maren vortrug, schon wieder megapeinlich.

„Weil ich deine Mutter darum gebeten habe", antwortete Elena. Das klang allerdings mehr nach „Halt den Mund", was Yvonne dann auch tat.

Maren fuhr fort: „Bisher ist lediglich der Dachraum über dem Straßentrakt ausgebaut worden, vermutlich, weil er der höher gelegene ist. Eine Wohnung bewohnen bekanntlich wir, die etwas kleinere ist noch vermietet. Aber auch der Hintertrakt verfügt über einen Dachraum, der für einen Ausbau durchaus attraktiv wäre. Nach meinen ersten Überlegungen ließen sich dort ebenfalls zwei Wohnungen errichten – oder auch eine, wenn sie besonders groß sein soll."

„Elena will also den restlichen Dachboden ausbauen", stellte Kerstin sachlich fest.

„Nicht ganz, *ihr* sollt den Dachboden ausbauen. Ich möchte in zwei Jahren, wenn der Mietvertrag ausläuft, in die kleinere Wohnung neben Axel ziehen."

„Und was geschieht mit unserem Haus?", fragte Axel verblüfft.

„Wenn du dieses hier meinst, so würde ich es in die Reha-Gesellschaft einbringen, die Klaus gründen wird."

Jetzt war auch Klaus erstaunt: „Das wäre natürlich toll, aber ich fürchte, das kann ich mir nicht leisten."

„Elena könnte das Haus doch als Sacheinlage einbringen. Im Gegenzug erbringst du auf längere Sicht den höheren Arbeitseinsatz", warf Kerstin ein.

„Genauso hat mir das mein Steuerberater auch geraten. Natürlich will ich noch einige Jahre arbeiten, aber eben nur Teilzeit, so wie bisher", erläuterte Elena ihren Plan. „Na, was sagt ihr?"

„Lasst mich bitte erst noch zu Ende kommen", fiel Maren ein. „Elena hat mich nämlich gebeten, auch einen Vorschlag für den Um- und möglichen Ausbau dieses Hauses hier zu machen. Ich habe mir das so vorgestellt: Im Erdgeschoss könnten die Küche, der Aufenthaltsraum und zwei Praxisräume untergebracht werden. Im Obergeschoss blieben dann vier Zimmer und zwei Bäder, im Dachgeschoss könnte man ebenfalls zwei Patientenzimmer mit Bad unterbringen. Ob das für euer Projekt reicht, kann ich nicht sagen, aber diese Variante wäre ohne besonders hohe Kosten zu bewerkstelligen. Laut derzeitiger Flächenwidmung wäre auch ein Zubau möglich."

„Also, was meint ihr?", fragte Elena.

Erst blieb es still, dann sagte Ossi: „Ich meine, ein Cognac wäre nicht schlecht."

Kerstin

Mehr plus als minus

„Und du hattest wirklich keine Ahnung?", fragte Klaus auf dem Heimweg.

„Elena hat einmal anklingen lassen, dass sie an eine Art ‚Familienhaus' denkt, sie hat mich allerdings gebeten, nicht darüber zu reden. Ich konnte es mir ohnehin nicht vorstellen. Von der Sache mit dem Reha-Projekt wusste ich allerdings wirklich nichts."

„Du hältst wohl nicht viel davon?" Klaus schien besorgt. „Vermutlich fürchtet er um sein Projekt", dachte Kerstin und zögerte einen Augenblick, ehe sie sagte: „Sagen wir, ich habe in der Zwischenzeit eine Plus-minus-Liste erstellt und erkenne durchaus, dass das Plus überwiegt. Außerdem wohnen wir ohnehin schon da, und wenn Elena hierher zieht, hätte das auch positive Seiten. Wenn ich beispielsweise an Biene denke, ..."

„Das sehe ich genauso, und wenn Marens Kostenschätzung einigermaßen passt, wäre die Sache vermutlich auch finanzierbar. Vorausgesetzt, du willst das auch, und Adriane stimmt endlich dem Verkauf unserer Wohnung zu. Andernfalls wüsste ich nicht, wie ich den Ausbau finanzieren sollte."

„Wie *wir* den Ausbau finanzieren sollen", verbesserte Kerstin.

„Aber deine Mutter schenkt uns doch schon den Rohdachboden, da ist es wohl an mir, für die Ausbaukosten aufzukommen."

„Das sehe ich anders. Meine Mutter schenkt *uns* den Rohdachboden, und *wir* werden - je zur Hälfte - die Ausbaukosten tragen."

„Lieb von dir, aber das ist meine Sache." Klaus hatte das so dahingesagt, als wäre es ganz selbstverständlich.

„Weil du doch der Mann bist?", erwiderte Kerstin ärgerlich.

„Weil ich doch der Mann bin", wiederholte Klaus.

In der Zwischenzeit waren sie in der Nelkengasse angekommen und Kerstin funkelte ihn wütend an, ehe sie sich in die kleine Parklücke zwängte.

Schweigend gingen sie in den ersten Stock. Klaus nahm ihr die Jacke ab, hängte sie auf einen Haken und sagte sanft: „Ach Liebling, wir müssen doch jetzt keine Gleichberechtigungsdebatte führen?"

„Doch, müssen wir!"

„Bitte nicht, lass uns einfach den freien Abend genießen."

„Klaus Fritsch, wenn du mich immer noch heiraten willst, dann nimm bitte zur Kenntnis, dass ich keine dumme Gans bin, die man aushalten muss."

Klaus funkelte sie zornig an und Kerstin dachte schon, sie hätte das eventuell einen Hauch netter formulieren sollen. Doch dann kam er näher, ein leises Lächeln umspielte seinen Mund. „Also gut. Ich nehme zur Kenntnis, dass ich dich zwar aushalten, aber nicht finanzieren muss." Dann setzte er liebevoll hinzu: „Eine dumme Gans bist du trotzdem", und zog sie an sich. Kerstin wollte sich zwar gegen die „dumme Gans" wehren, keinesfalls aber gegen den Kuss, und weil das irgendwie nicht zusammenging, ließ sie Ersteres vorerst bleiben.

*

„Ist diese Ilona schon abgereist?", fragte Kerstin.

Elena nickte und schenkte ihr Tee ein.

„Ist wohl nichts geworden mit Ossi, dem Kurschatten?", scherzte Henriette und nahm ein Stück Lebkuchen.

„Zumindest nichts Ernstes", antwortete Elena leichthin.

Kerstin, die nur vorbeigekommen war, um Biene abzuholen, und eben zu ihrer Teetasse greifen wollte, hielt in der Bewegung inne. „Versteh ich das richtig? Du wolltest die beiden verkuppeln?"

„Was für ein hässliches Wort! Ich wollte lediglich ihrem Glück ein wenig nachhelfen."

„Dafür hat mein Vater ja noch nie Hilfe benötigt", meinte Kerstin und griff endlich zu ihrer Teetasse.

„Der Mensch wird älter", entgegnete Elena lächelnd. „Hast du dich übrigens schon an die Idee gewöhnt, mich eventuell zur Nachbarin zu bekommen?"

„Ich arbeite noch dran", entgegnete Kerstin. „Das größere Problem scheint mir allerdings, Adriane vom Verkauf der ehemaligen Familienwohnung zu überzeugen. Die Frau ist ja so was von kompliziert."

„Künstlerin halt", meinte Henriette. „Aber fesch ist sie. Ich habe neulich ein Foto von ihr in der Zeitung gesehen. Alle Achtung."

Kerstin versicherte sich erst, dass Biene abgelenkt war, und flüsterte dann: „Vermutlich wieder so ein Bild, das mit Photoshop bis zur Unkenntlichkeit nachbearbeitet wurde. In Wahrheit sieht sie ganz normal aus."

Dann drängte sie Biene, die wieder einmal nicht nach Hause wollte, zum Aufräumen.

„Ich muss erst noch das Haus fertig bauen", ließ die Kerstin wissen.

„Nein, das musst du nicht. Komm jetzt!"

Biene holte schon Luft, aber Kerstin kam ihr zuvor und sagte streng: „Du machst jetzt nicht einen auf Sirene!"

Bienes Gesichtsausdruck wechselte in der Sekunde von weinerlich auf interessiert. „Was ist eine Sirene?"

„Das erkläre ich dir im Auto."

Elena

Richtig oder falsch

Als Kerstin und Biene endlich abgezogen waren, sagte Henriette: „So, und jetzt sag mir endlich, was los war bei eurem Ganslessen."

Elena seufzte: „Das Essen selbst war okay. Die Gans war weich, die Knödel flaumig und Maren hat eine wirklich vernünftige Planung gemacht. Freilich nur eine Grobplanung, aber du hast es ja selbst gehört, Kerstin und Klaus stehen der Idee des Dachbodenausbaus gar nicht abgeneigt gegenüber."

Henriette nickte. „Hab' ich gehört, aber in erster Linie wollte ich wissen, was zwischen dir und Helmut los war?"

„Gar nichts war los. Er ist ja nicht gekommen."

„Einfach so?"

„Natürlich hat er vorher abgesagt, er ist ja ein höflicher Mensch."

„Jetzt lass dir doch nicht alles aus der Nase ziehen." Henriettes Stimme klang ungeduldig. „Er wird doch wohl gesagt haben, warum er nicht kommen wollte."

„Hat er. Erst hat er gesagt, er kann nicht kommen, weil seine Sekretärin ihren fünfzigsten Geburtstag feiert."

„Das ist doch ein guter Grund."

„Findest du?" Das hatte schroffer geklungen als beabsichtigt, deshalb setzte Elena nach: „Ich vermute ja schon lange, dass sie ein Auge auf ihn hat. Aber Helmut sagt, das sei Quatsch."

„Na bitte, wo ist dann das Problem?"

„Nachdem ich gemeint habe, dass es mir aber sehr wichtig wäre, ihn dabei zu haben, hat er gesagt, das sei doch ohnehin ein Familientreffen. Verstehst du?"

„Nicht ganz."

Elena seufzte und stand auf, um den Kräuterschnaps zu holen. Sie hatte jetzt Lust darauf. Sie stellte auch vor Henriette ein Schnapsglas hin, doch die winkte ab.

Elena setzte sich wieder, schenkte sich ein, trank.

„Helmut sieht sich einfach nicht als Teil der Familie."

„Woran das wohl liegen könnte?", fragte Henriette. Es klang ironisch. Vermutlich war es auch ironisch gemeint. Vielleicht hatte Henriette recht – und Helmut wollte sich gar nicht vor dem Familienessen drücken. Vielleicht war es ihm nur wichtig gewesen, seine Sekretärin nicht vor den Kopf zu stoßen, und sie, Elena Prinz, war nur eine dumme Gans, die glaubte, dass sich die ganze Welt nur um sie drehte.

Sie nahm noch einen Schluck.

„Du meinst, es war falsch, die Geschichte derart aufzubauschen."

Es klang nicht nach einer Frage, es war eine Feststellung.

*

Elena neigte nicht zum Zaudern, aber nun fragte sie sich seit Tagen, was richtig und was falsch war. Natürlich war es falsch gewesen, auf Helmuts Worte „Ich hoffe, du bist nicht allzu sauer", zu antworten: „Sauer ist nicht einmal annähernd das richtige Wort." Und dann auch noch aufzulegen, war überhaupt die dämlichste Aktion, die sie sich seit Langem geleistet hatte.

Richtig war, dass sie ihn mochte. Sehr sogar. Deswegen hatte sie ja so saublöd reagiert.

Zweieinhalb Jahre war es jetzt her, dass sie Helmut wieder getroffen hatte. Sie hatten sich auf Anhieb gut verstanden, auch wenn Helmut anfangs ziemlich zurückhaltend war. Doch auf Gut Landau, als sie ihrer Familie von ihrem Lottogewinn erzählt hatte, war er ihr zur Seite gestanden und im Herbst, bei seinem Wochenendbesuch während ihres Kurses in Baden, waren sie ein Paar geworden. Aber was hieß das heute schon?

Für sie hieß es eine ganze Menge, deswegen war ihr seine Eifersucht auf Ossi auch gänzlich unverständlich. Was dachte er eigentlich von ihr?

Vielleicht waren ihre Erwartungen an Helmut einfach zu hoch. Sie träumte von einer gemeinsamen Zukunft. Vielleicht wollte er nicht mehr als das, was sie jetzt miteinander hatten. Eine Freundschaft, ab und zu ein netter Abend, manchmal noch eine Nacht und ein gemeinsames Frühstück obendrauf.

Diese Ungewissheit machte sie halb wahnsinnig. Sie würden um ein Gespräch nicht herumkommen – auch wenn sie Angst davor hatte. Aber den Kopf in den Sand zu stecken, war nicht ihre Art, und einen Fehler einzugestehen, war kein Weltuntergang. Sie griff zum Telefon, zögerte einen Augenblick, dann wählte sie seine Nummer.

*

Helmut wartete schweigend und sah versonnen in sein Glas.

Elena ergriff das ihre, um ihm zuzuprosten, doch anstelle eines Trinkspruches sagte sie: „Helmut, es tut mir leid, wenn ich letztens etwas überreagiert habe."

Er sah sie an, sagte aber immer noch nichts. Konnte der Mann ihr nicht wenigstens ein kleines bisschen entgegenkommen?

„Natürlich musstest du zur Geburtstagsfeier deiner Sekretärin, aber ich war so enttäuscht, weil du bei unserem Treffen nicht dabei sein wolltest."

„Nicht dabei sein konntest", verbesserte er.

„Stimmt, du konntest nicht dabei sein, aber ich hatte eben das Gefühl, dass du auch nicht unbedingt dabei sein wolltest. Das war es, was mich so gekränkt hat."

Er sagte immer noch nichts. Der Kellner brachte hausgemachtes Brot, gesalzene Butter und Olivenöl. Endlich erhob auch Helmut sein Glas, lächelte ihr zu: „Auf dich und dein Temperament."

„Du bist mir also nicht mehr böse?"

„Ach, Elena. Seit dem Tod meiner Frau gab es niemanden, dem ich mich so nahe gefühlt habe wie dir."

„Und ich dumme Gans überfordere dich mit meinen Erwartungen. Verzeih mir!"

„Mag sein, dass sie mich manchmal überfordern. Anderseits sind Erwartungen schon wichtig. Schließlich könnten sie sich doch auch erfüllen."

„Und wenn ich nun erwarten würde, dass du eines Tages mit mir in die Nelkengasse ziehst? Könnte diese Erwartung sich auch erfüllen?"

„Ich weiß nicht, das kommt ein wenig plötzlich. Was würde denn deine Familie dazu sagen?"

„Ich habe nicht vor, sie zu fragen, aber ich denke, sie würde sich freuen."

„Alle?"

„Du denkst an Ossi? Er muss es einfach akzeptieren und glaube mir, er wird es auch akzeptieren. Wir sind zwar Freunde, aber wir sind auch geschieden, und je eher die Situation zwischen uns beiden endgültig klar gestellt ist, desto eher wird auch er seinen Weg finden."

Helmut spielte mit seinem Weinglas. „Es ist nicht so, dass ich nicht auch schon über eine gemeinsame Zukunft nachgedacht hätte. Ich sah uns gemeinsam auf dem Nordkap, in der Toskana und in Montmartre. Erst jetzt fällt mir auf, dass ich nie darüber nachgedacht habe, wo wir hier leben würden.

Lass es uns einfach langsam angehen. Was meinst du?"

Darauf stießen sie an.

Kerstin

Sind alle Stiefmütter böse?

Kerstin erwachte in dem Wissen, dass es an diesem Wochenende viel zu tun gab. Biene war bei ihnen und sie hatten vereinbart, ihr endlich zu sagen, dass sie im Frühling heiraten wollten.

Außerdem hatte Kerstin sich vorgenommen, in diesem Jahr die Wohnung weihnachtlich zu dekorieren, so, wie Elena und Maren das immer machten. Na ja, vielleicht nicht ganz so. Freilich nicht ihre eigene Wohnung, denn die verwendete sie seit Monaten nur noch als Warenlager. Ihr Lebensmittelpunkt war die Zweieinhalb-Zimmer-Wohnung in der Nelkengasse. Als Arbeitszimmer nutzten sie ihr ehemaliges Büro, das machte die Sache ein wenig komfortabler.

Morgen war der erste Adventsonntag und sie hatten immer noch keinen Adventskranz, keinen Türkranz und auch sonst keine Deko - nur einen Adventskalender für Biene, und der war von Elena.

Sie rüttelte liebevoll an Klaus: „Aufstehen, du Faulpelz, wir haben zu tun."

„Es ist doch noch dunkel", brummte Klaus.

„Das lässt sich ändern", erwiderte Kerstin, schwang die Beine aus dem Bett und zog den Vorhang zurück.

„Oh nein!"

„Oh ja! Oder willst du dich nachmittags mit tausend anderen durch das Einkaufszentrum schieben?"

Klaus hasste Einkaufszentren im Allgemeinen, volle Einkaufzentren im Besonderen, und war mit einem Satz aus dem Bett.

Gleich nach dem Frühstück machten sie sich auf den Weg.

Die Sache mit der Beschaffung der Deko stellte sich als nicht ganz einfach heraus. Klaus liebte es traditionell, Kerstin hätte es diesmal lieber etwas moderner gehabt. Am Ende erstanden sie einen stylischen Türkranz und einen klassischen Adventskranz.

Deutlich einfacher gestaltete sich der Einkauf der Lebensmittel, denn da ließ Kerstin Klaus freie Hand, er durfte sie schließlich auch ganz allein verkochen.

*

Klaus hatte Steaks gebraten und auf Bienchens Wunsch Tomatenrisotto und Rucolasalat dazu gemacht. Nun rief er seine Damen zu einem Aperitif. Kerstin bekam Prosecco, Biene gespritzten Apfelsaft im Sektglas.

„Hat jemand Geburtstag?", fragte Biene.

„Das nicht, aber wir wollten dir etwas sagen", erwiderte Klaus und prostete ihnen zu.

„Was denn?"

Er trank einen kräftigen Schluck, ehe er erwiderte: „Also, wie du weißt, haben Kerstin und ich uns sehr gerne. Deshalb haben wir beschlossen, zu heiraten. Was sagst du dazu?"

Biene schien bestürzt. „Aber dann wird Kerstin ja meine Stiefmutter."

Klaus ging in die Hocke: „Was ist daran so schlimm?"

„Stiefmütter sind böse."

„Aber doch nur im Märchen", versuchte Klaus ihren Kummer wegzulachen. Biene schien das nicht zu überzeugen und auch

Kerstin fand, das sei kein Argument. Deshalb stellte sie ihr Sektglas ab, setzte sich aufs Sofa und erklärte: „Deine Stiefmutter bin ich ja nur rein rechtlich. Faktisch bleibe ich doch Kerstin."

Die Kleine sah von Kerstin zu Klaus: „Was hat Kerstin gesagt?"

„Kerstin meint, ... dass sie ... einfach Kerstin bleibt", dolmetschte Klaus. „Verstehst du das?"

Biene schüttelte den Kopf. „Warum heiratet ihr dann?"

Puh, das hatte sich Kerstin einfacher vorgestellt.

Sie einigten sich darauf, erst zu essen, damit zumindest die Steaks keinen Schaden nahmen.

Nach dem Essen fragte Biene: „Darf ich zu Opa Ossi?"

„Vielleicht solltest du ihn vorher anrufen, ob er auch Zeit hat", meinte Klaus.

„Opa Ossi hat gesagt, *ich* kann immer kommen."

„Ja dann", meinte Kerstin und begleitete sie ins Vorzimmer.

Sobald Biene weg war, sagte Klaus: „Sie hätte doch besser anrufen sollen. Bist du sicher, dass er das gesagt hat?"

„Ganz sicher."

„Aber er hat es doch sicher nicht so gemeint."

„Möglich, dann hätte er es eben nicht sagen sollen", meinte Kerstin und beobachtete vom Vorzimmerfenster aus, wie die Kleine in Ossis Atelier verschwand.

Der Besuch bei Opa Ossi schien erfolgreich gewesen zu sein, denn als Biene wiederkam, sagte sie zu Kerstin: „Opa Ossi meint, du wirst eine ganz pass ... passbable ...“

„Passable“, half Kerstin aus.

„... passable Stiefmutter sein.“

„Wenn er das sagt, muss es ja stimmen“, entgegnete Kerstin.

Eigentlich war sie davon ausgegangen, ihre Beziehung zu Biene wäre tragfähig genug. Anderseits konnte die Abneigung nicht so groß sein, wenn Ossis Worte genügten, um ihr zukünftiges Stiefmutter-Dasein weniger fürchterlich erscheinen zu lassen.

Dennoch sollte sie sich vielleicht bei Ossi bedanken.

„Was haltet ihr davon, wenn wir Ossi morgen zu Kaffee und Kuchen einladen?“ Sie wunderte sich selbst, dass sie diese Frage gestellt hatte.

Biene war natürlich sofort Feuer und Flamme und Klaus meinte mit einem Schmunzeln: „Adventliche Kaffeestunde? Ist ja ganz etwas Neues bei dir. Da werde ich mich wohl morgen Früh in die Küche schwingen müssen, um einen adäquaten Kuchen zu backen.“

„Was ist ein adewater Kuchen?“, wollte Biene wissen.

„Ein adäquater Kuchen ist einer, der dem Anlass angemessen ist“, erklärte Klaus und fügte mit einem Lächeln hinzu: „Und wenn meine Liebste ihren Vater einlädt, ist der beste gerade gut genug.“

Epilog

„Elena, wir haben ein Problem!", rief Kerstin ins Telefon, ohne sich mit langen Vorreden aufzuhalten.

„Und zwar?"

„Klaus' Vater kommt zur Hochzeit."

„Das ist doch schön, Klaus wird sich freuen."

„Ja, schon. Aber nachdem wir bei Ossi bereits Klaus' italienische Verwandtschaft untergebracht haben und Roland uns nun doch die Ehre gibt – allerdings nur, wenn wir ihm das Sofa in meinem Büro überlassen –, weiß ich nicht, wo ich meinen zukünftigen Schwiegervater unterbringen soll. Ich kann ihn ja nicht ins Hotel schicken."

„Du kannst ihn bei mir unterbringen."

„Aber du hast doch schon Helmuts Verwandtschaft einquartiert."

„Nur seine Schwester. Tochter und Schwiegersohn werden bei Helmut wohnen."

„Aber der wohnt doch bei dir."

„Nicht für die Dauer eurer Hochzeit. Für die paar Tage wird er in seine Wohnung ziehen, das haben wir schon abgesprochen."

„Danke, auf etwas Ähnliches habe ich gehofft. Aber es kommt noch besser. Er will eine Messe für uns lesen, weil wir doch nicht kirchlich heiraten können."

„Nun ja, das kann man ihm nicht verübeln, er ist Priester, wo ist also das Problem?"

„Wir brauchen eine Kirche, schließlich kommen zu unserer ‚kleinen Hochzeitsfeier‘ mittlerweile 74 Gäste.“

„Alle Achtung“, lachte Elena, dann setzte sie in beruhigendem Ton hinzu: „Ich rede mit dem Pfarrer der St. Martinskirche. Ich bin sicher, das wird sich machen lassen.“

„Danke, Elena.“

„Immer gerne.“

„Ach ja, noch etwas. Ossi hat mich gebeten, ihn neben Henriette zu setzen.“

„Ist das ein Problem?“

„Nicht für mich, aber ich weiß nicht, ob Henriette damit so glücklich ist.“

„Da würde ich mir keine Sorgen machen. Wusstest du, dass die beiden zusammen walken gehen? Außerdem hat Henriette neuerdings einen Facebook-Account.“

„Ehrlich?“

„Wenn ich es dir doch sage.“

„Ausgerechnet Henriette? Wo sie doch nicht einmal ein Smartphone hat.“

„Doch, hat sie. Hat Ossi ihr eingeredet.“

„Ich fasse es nicht. Sie war nach eurer Scheidung doch auch nicht gut zu sprechen auf ihn.“

„Ich bitte dich, das ist fünfzehn Jahre her. In der Zwischenzeit hast sogar du eingesehen ...“, Elena suchte nach Worten, doch Kerstin kam ihr zuvor. „Ja, ja, schon gut. Seit wann geht das?“

„Wenn ich alles richtig verstanden habe, begann es am Faschingssamstag, auf Ossis denkwürdiger Einweihungsparty.“

*

Am Hochzeitsmorgen war prachtvolles Mai-Wetter, blauer Himmel, Sonnenschein und angenehm milde Temperaturen.

Während Klaus und Ossi die Festgäste mit Frühstück versorgten, eilte Kerstin zum Friseur. Als sie zurückkam, fand sie, es wäre jetzt Zeit für eine der Baldriankapseln, die Elena ihr vorsorglich dagelassen hatte. Dann zog sie den Zweiteiler an, den sie gemeinsam mit Maren und Ossi ausgesucht hatte. Als Maler hatte Ossi einen untrüglichen Instinkt für Farben, und das türkis-blaue Ensemble stand ihr wirklich gut und entlockte Klaus, der es bis eben nicht hatte sehen dürfen, ein „Wow!"

Dann war es zum Standesamt gegangen, anschließend in die Martinskirche, wo ihr frischgebackener Schwiegervater eine ausgesprochen persönliche und sehr berührende Ansprache gehalten hatte.

Von dort ging es mit Shuttle-Bussen zu diesem wundervollen Schloss, wo es erst einen Aperitif und später das Fotoshooting gegeben hatte.

Nun saßen sie im Festsaal, eben erhob sich Axel und klopfte auf das vor ihm stehende Glas. Langsam kehrte Ruhe ein.

„Meine Schwester hat mich gebeten, ein paar Worte zu sagen. Das freut mich natürlich, obwohl ich vermutlich der ungeeignetste Hochzeitsredner bin, den man sich vorstellen kann. Und das aus zweierlei Gründen.

Erstens sollte ein Hochzeitsredner nicht nur gute Wünsche überbringen, denn dafür stehen uns heute eine Vielzahl elektronischer Nachrichtendienste zur Verfügung, man erwartet von ihm zu recht, dass er kluge Dinge zum Thema Ehe sagt.

Bedauerlicherweise weiß ich über die Ehe nichts Kluges zu sagen, auch wenn ich schon seit fünfzehn Jahren glücklich verheiratet bin. Denn leider habe ich dazu nichts Besonderes beigetragen, die Lorbeeren gebühren einzig und allein meiner Frau Maren."

An dieser Stelle war vereinzelt Applaus zu hören. Axel warf Maren einen liebevollen Blick zu, atmete durch und fuhr weiter fort: „Als zweiten Punkt möchte ich anführen, dass das Verhältnis zu meiner Schwester Kerstin nicht immer ganz einfach war.

Sehen Sie, als sie zur Welt kam, war ich vier – und ich war mit meinen Eltern eigentlich ganz glücklich gewesen. Ich hatte keinen Anlass gehabt, mir eine kleine Schwester zu wünschen, schon gar keine, die meine Mutter Tag und Nacht in Anspruch zu nehmen schien.

Auch als das Schwesterchen heranwuchs, gab sie mir keinen besonderen Grund zur Freude, denn kaum kam sie in die Schule, zeigte sich, dass sie auch noch intelligent und ehrgeizig war. Sie wollte die Klassenbeste sein, und sie war die Klassenbeste – ein Umstand, auf den unsere Mutter mich mehr als einmal hingewiesen hat."

Er zwinkerte Elena zu und fuhr fort: „Intelligent und ehrgeizig ist meine Schwester immer noch, und seit wir beide verstanden haben, dass keiner klug werden würde, wäre er nicht irgendwann jung und dumm gewesen, haben wir zu einem Verhältnis gefunden, dass es mir erlaubt, ihr - und ihrem Klaus - heute aus ganzem Herzen ein schönes, ein wunderbares Leben zu wünschen. Ein Leben, das ihrem Wesen entspricht und eine Gemeinsamkeit, die ihr Dasein reicher macht – und das noch sehr lange Zeit.

Ein chinesisches Sprichwort sagt, dass auch eine Reise von 1000 Meilen mit einem Schritt beginnen muss. Nun, ihr seid bereits ein paar Schritte miteinander gegangen, habt festgestellt, dass euer Rhythmus gut zueinander passt.

Aber auch wenn es heute leicht aussieht, diesen Weg miteinander zu gehen, so wird das nicht immer so bleiben. Manchmal wird einer schneller oder langsamer gehen wollen und ihr werdet an Abzweigungen kommen, an denen es notwendig ist, sich über die weitere Route Gedanken zu machen. Trefft diese Entscheidungen gemeinsam, so schwierig das auch sein mag, und wenn ihr glaubt, dass es keinen Kompromiss geben kann, dann denkt an das Glück dieser Tage zurück – und ihr werdet eine Lösung finden. Sollte auch das nicht zum Erfolg führen, so will ich abschließend doch noch einen Tipp aus eigener Erfahrung beisteuern: Sich selbst nicht an die erste Stelle zu setzen und sich nicht allzu ernst zu nehmen, hilft immer.

Lasst uns in diesem Sinne anstoßen auf Kerstin und Klaus!"

Zuletzt war es mucksmäuschenstill gewesen im Saal, doch nun brandete Applaus auf, Gläser wurden gehoben und aneinander gestoßen.

Elena wischte sich eine Träne aus dem Auge und dachte: „Jetzt sind sie endlich erwachsen geworden."

Auch Henriette kramte nach einem Taschentuch, doch Ossi reichte ihr das seine. Elena stieß Helmut leicht in die Seite und deutete auf die beiden. Helmut sah sie nur verständnislos an.

„Ich glaube, da bahnt sich was an", flüsterte sie ihm zu.

„Ehrlich?"

Elena lächelte ihn glücklich an, dann sagte sie leise und mit einem Augenzwinkern: „Also wirklich, man muss ein Mann oder blind sein, um es nicht zu bemerken."

ENDE

Brigitte Teufl-Heimhilcher

Der liebe Gott und sein teuflisches Bodenpersonal

Prolog aus dem Himmel

Da soll doch gleich einmal der Blitz dreinschlagen!

Irgendetwas scheine ich in meiner göttlichen Allmacht falsch gemacht zu haben. Diese Menschen haben immer noch nicht kapiert, worum es in ihrem Erdenleben geht. Vielleicht war die Sache mit dem freien Willen doch etwas übertrieben.

Dabei habe ich es doch an nichts fehlen lassen. Erst habe ich ihnen die zehn Gebote gegeben, die waren ja wohl klar und deutlich. Aber es hat nichts genützt! Also habe ich vor kurzem auch noch meinen Sohn geschickt. Mit allem Brimborium. Sogar Eltern habe ich ausgesucht, war alles gar nicht einfach. Dreiunddreißig Jahre hat er unter ihnen gelebt, ihnen alles gesagt und erklärt, dabei Kranke geheilt und den Sündern verziehen. Hat es genützt? Mitnichten.

Ja gut, ein paar Mal hat er getrickst. Übers Wasser zu gehen und aus Wasser Wein zu machen, das hätte vielleicht nicht sein müssen, das könnte den ein- oder anderen nachhaltig verwirrt haben. Manche versuchen das immer noch. Wasser zu Wein zu machen ist ihnen noch nicht vollständig gelungen, dafür machen sie aus Schimmelpilzen Erdbeeraroma – aber so war das doch nicht gemeint! Na gut, das sind Kleinigkeiten: Peanuts sagen sie neuerdings. Jedenfalls haben wir nichts ausgelassen, das volle Programm durchgezogen, inklusive Tod und Auferstehung. Damit haben wir sie allerdings auch etwas überfordert, an der Sache mit der Auferstehung kiefeln sie heute noch.

Das Unerträglichste aber ist, dass die Herrschaften aus der Kommandozentrale in Rom, besser gesagt im Vatikan - sie mussten ja gleich einen eigenen Staat haben - um nichts besser sind. Was sage ich – schlechter noch! Eine teuflische Mischung aus Ängstlichkeit und Überheblichkeit ist dort am Werk. Veränderungen fürchten sie wie der Teufel das Weihwasser, dabei sind sie von einer Überheblichkeit, die ich nur schwer ertrage. Ja gut, nicht alle, natürlich nicht, das wäre ja auch noch schöner!

Vielleicht hätte ich mich beim letzten Konklave doch deutlicher zu Wort melden sollen – manche haben mich darum gebeten –, aber ich wollte ihnen ja wieder einmal ihren freien Willen lassen.

Jetzt überlege ich, doch wieder einmal ordnend einzugreifen. Nein, keine Sintflut diesmal, nur ein ganz kleiner Fingerzeig, eine Andeutung, dass etwas falsch läuft. Aber an wen soll ich mich wenden? Es müsste schon jemand sein, der klug genug ist, es zu verstehen. Unter denen, die sie großspurig „Laien" nennen, gäbe es etliche, aber würden sie denen glauben? Vermutlich nicht. Dann also jemand, der in ihrer Hierarchie – die im Übrigen auch nicht meine Idee war - ziemlich weit oben steht.

Vielleicht sollte ich es gleich mit dem Papst versuchen. Dieser Leo ist zwar auch ziemlich überheblich, aber immerhin scheint er guten Willens zu sein, und hat nicht eine seiner Schwestern ohnehin noch ein Hühnchen mit ihm zu rupfen? Da war doch was ...

I. Buch: Die andere Schwester des Papstes

Das Interview

Katharina blickte auf die Uhr, massierte kurz die Schläfen und drückte den Knopf der Sprechanlage: „Der Nächste, bitte!" Es war ein langer Tag gewesen, sie war müde und freute sich auf einen gemütlichen Abend.

„Fertig für heute", antwortete ihre Sprechstundenhilfe. „Nur ein junger Mann vom Kurier wartet noch auf Sie."

„Ist er angemeldet?"

„Das nicht", flüsterte die Sprechstundenhilfe, „aber ich denke, er kommt wegen Ihres Buches. Jedenfalls hat er eine Kamera dabei."

„Dann soll er hereinkommen."

Katharina zog rasch die Lippen nach, noch während sie den Stift wieder in ihre Handtasche gleiten ließ, rief sie: „Herein!"

Der junge Mann, er mochte etwa dreißig sein, erwiderte ihren kräftigen Händedruck, das gefiel ihr, sie konnte es nicht leiden, wenn die Hand des anderen schlaff in der ihren lag. „Mein Name ist Felix Winter. Ich komme im Auftrag des Kuriers und würde Ihnen gerne ein paar Fragen stellen."

„Das freut mich", antwortete sie. „Ich habe eigentlich gedacht, mein Buch sei schon in der Rundablage gelandet. Bitte, nehmen Sie Platz."

„Sie haben ein Buch geschrieben?", fragte er, während er sich setzte.

Diese schlichte Frage ließ Katharinas Müdigkeit schlagartig zurückkommen.

„Über Allergiebehandlung, ich dachte, deswegen seien Sie gekommen", antwortete sie dementsprechend gereizt.

„Leider nein", erwiderte Felix Winter und schickte dieser Nachricht ein gewinnendes Lächeln nach. „Ich komme sozusagen in heikler Mission."

Er machte eine Pause, sie bedeutete ihm weiterzusprechen.

„Wie Sie sicherlich wissen, findet heuer im September der Welt-Jugend-Tag in Wien statt."

Während Katharina zustimmend nickte, spürte sie, wie ihr Puls schneller wurde. Er sah sie fragend an, doch sie hatte nicht vor, ihm entgegenzukommen.

„Aus diesem Anlass wird Papst Leo seiner Heimat einen Besuch abstatten. Ich nehme an, auch das ist Ihnen bekannt."

Sie nickte abermals. „Es stand so etwas in der Zeitung."

„Ich nehme weiter an, Sie sind diesbezüglich nicht auf die Informationen der Medien angewiesen."

„Da irren Sie, junger Mann."

„Aber Sie sind doch eine Schwester des Papstes?"

Sie ließ einen Augenblick vergehen, ehe sie antwortete: „Wie kommen Sie darauf?"

„Ich habe ein wenig im Internet recherchiert. Der Papst hieß mit bürgerlichen Namen Leo Forstreiter und hat, wie Sie, seine Kindheit im Waldviertel verbracht. Da Forstreiter auch ein Teil Ihres Namens ist und Sie etwa fünf Jahre jünger sind, könnte er Ihr Bruder sein."

„Könnte er", nickte sie.

„Wird es ein Treffen zwischen Ihnen geben?"

„Das müssen Sie schon den Heiligen Vater fragen."

Er schickte abermals ein gewinnendes Lächeln über den Schreibtisch: „Ein Gespräch mit dem Heiligen Vater steht - leider - außerhalb meiner Möglichkeiten."

„Dann kann ich Ihnen – leider - auch nicht helfen. Papst Leo pflegt seine Pläne nicht mit mir zu besprechen."

Er lächelte.

„Kann es sein, dass es zwischen Ihnen und dem Heiligen Vater ein ... Zerwürfnis gab?"

„Steht das denn auch im Internet?"

Diesmal sah er an ihr vorbei, als er antwortete: „Nur, wenn man zwischen den Zeilen liest. Sie haben an den Feierlichkeiten zum Beginn seines Pontifikates nicht teilgenommen. Zumindest ist in den Zeitungen immer nur die Rede von einer Schwester Maria, einer Klosterschwester. Sie ist auch mehrfach mit Papst Leo abgebildet."

„Gleich mehrfach, sieh an."

„Ich schließe aus Ihrer Antwort, dass Sie auch zu Ihrer Schwester kein sehr inniges Verhältnis haben."

„Sehen Sie, so leicht kann man sich irren."

Bisher erschienenen von Brigitte Teufl-Heimhilcher

Bisher im Selfpublishing erschienen

Millionärin wider Willen – Elenas Geheimnis

Paragrafen und Grafen

Humor und Hausverstand erwünscht

Von Hochzeiten, Schwiegermüttern und eifersüchtigen Mäusen

Die andere Schwester des Papstes

Als Papst lebt man gefährlich

Der liebe Gott und sein teuflisches Bodenpersonal (Sammelband)

Tante Fritzi - forever clever

Liebe, Macht und rote Rosen

Neubeginn im Rosenschlösschen

Champagner und ein Stück vom Glück

Bisher bei Amazon Publishing erschienen

Mütter, Töchter und andere Krisen

Ein Gerücht kommt selten allein

Ein herzliches DANKE

allen treuen und neuen Leserinnen!

Wenn es gefallen hat, würde ich mich über eine kurze Rezension bei Amazon sehr freuen. Sind Fragen oder Wünsche offen geblieben, so können Sie mir diese gerne über das Kontaktformular meiner Website mitteilen. www.teufl-heimhilcher.at

Ein weiteres Danke-schön
gebührt meinen Testlesern und allen, die am Zustandekommen des Buches beteiligt waren.
Der Reihe nach:
Der erste, den ich mit meinen Ideen in den Ohren liege, ist mein Mann Manfred, ihm obliegt es später auch Logikfehler etc. aufzuspüren.
Das vorläufig fertige Manuskript geht an meine Testleser, allen voran an meine liebe Kollegin Eva, an Christine F, Christine R und Steffi.
Sobald deren Anregungen eingearbeitet sind, geht der Text ins Lektorat, zu Mareike Kerz, die dem Text den letzten Schliff gibt.
Die Endfassung wurde von Janos Rudolf in Form gebracht und in die E-Book-Formate konvertiert.

Ist das Buch einmal veröffentlicht, sind die Bloggerinnen an der Reihe, auch ihnen gebührt mein ganz besonderer Dank.

Ich hoffe, Sie alle bleiben mir gewogen, denn ich habe noch viele Ideen für weitere Romane.